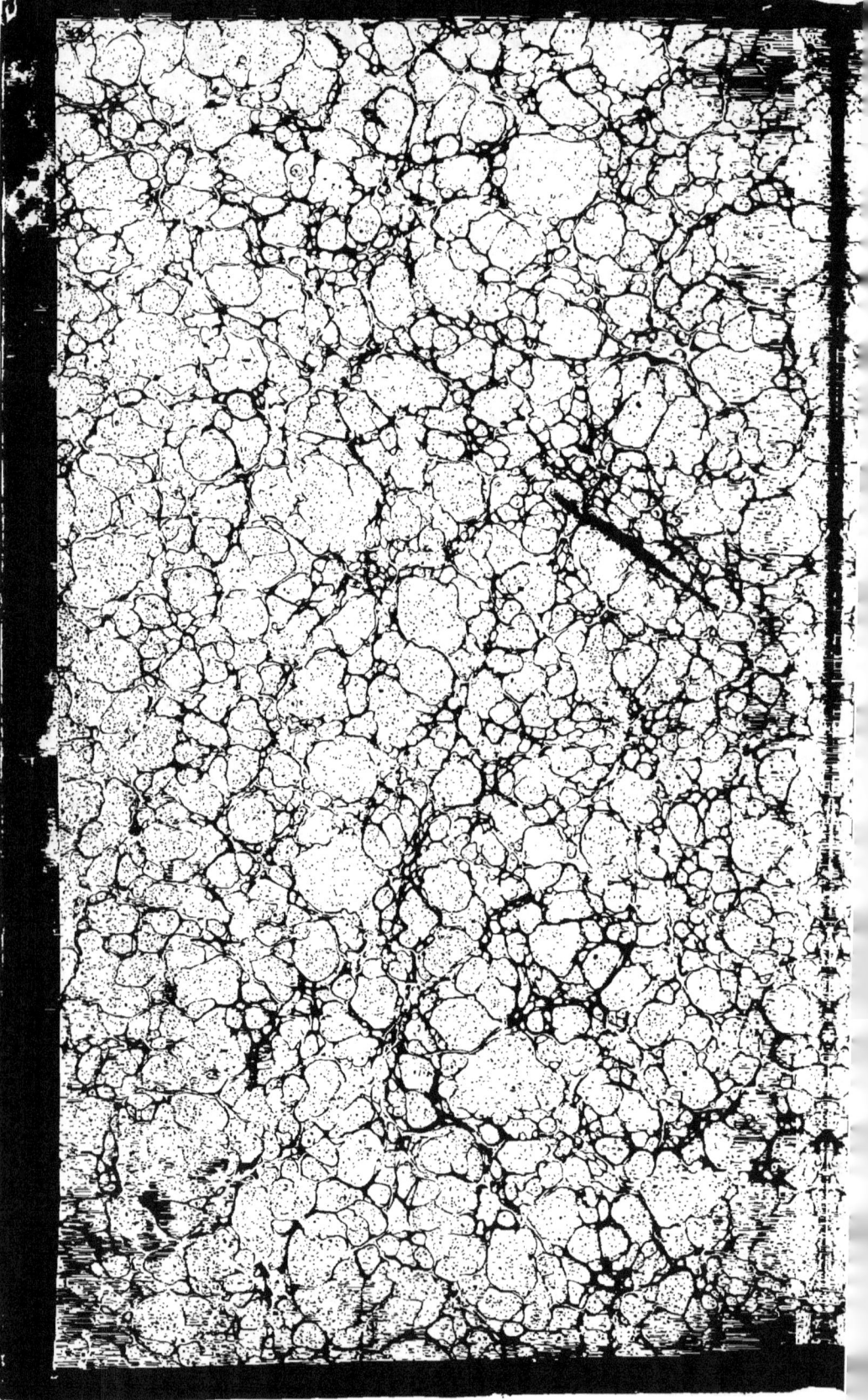

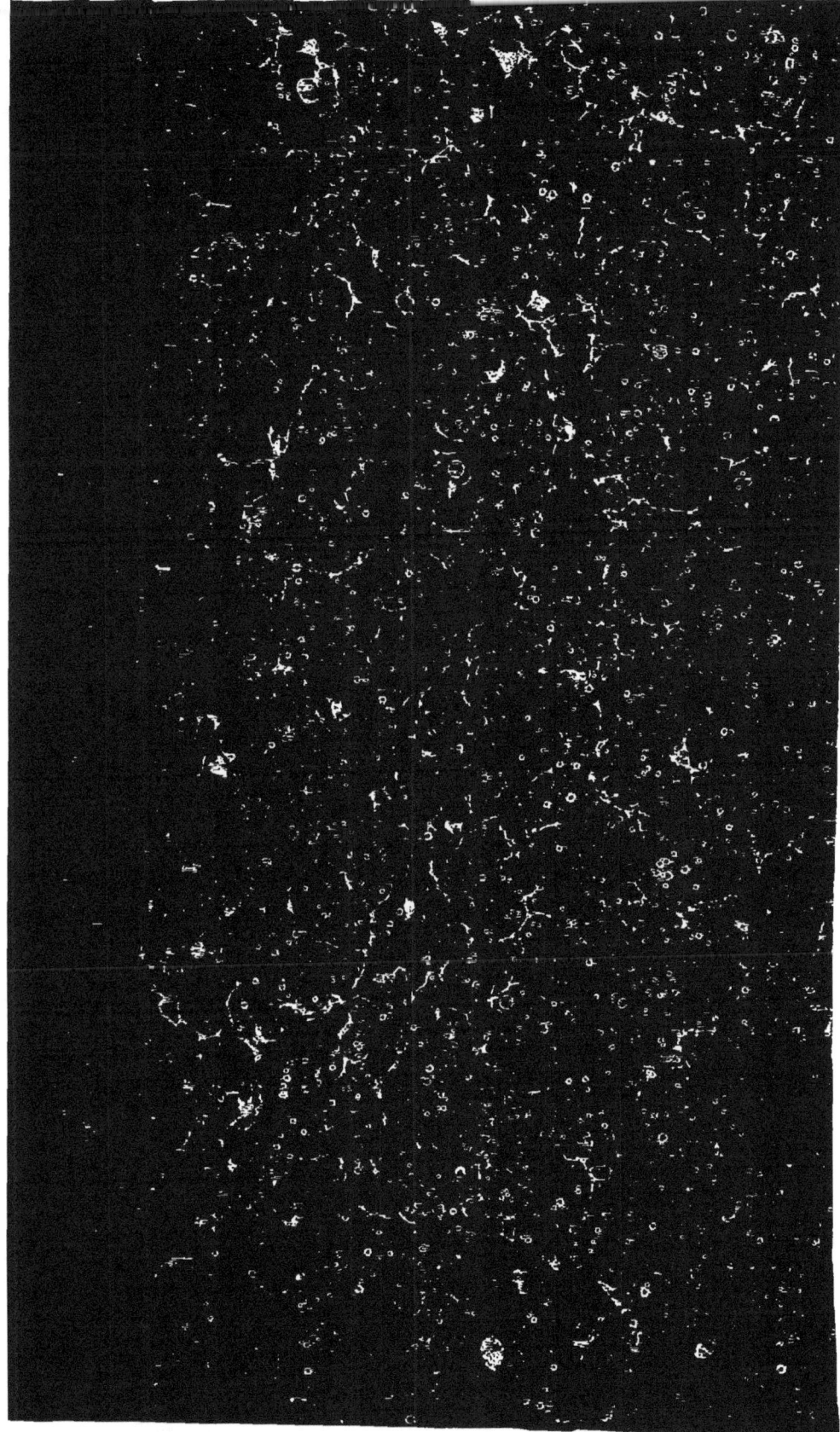

C'est par là que viendront les normands.

BERTHE

ET

THÉODORIC

OU

GOZLIN, ÉVÊQUE DE PARIS

HISTOIRE DES SIÉGES DE PARIS PAR LES NORMANDS
VERS LA FIN DU IXe SIÈCLE (845-886)

Par J.-B.-J. CHAMPAGNAC

ROUEN

MÉGARD ET Cie, IMPRIM.-LIBRAIRES

Propriété des Éditeurs,

Mégard et Cie

APPROBATION.

Les Ouvrages composant **la Bibliothèque morale de la Jeunesse** ont été revus et approuvés par un Comité d'Ecclésiastiques nommé par MONSEIGNEUR L'ARCHEVÊQUE DE ROUEN.

Nota. Cet ouvrage, qui était déjà imprimé, et dont il restait un certain nombre d'exemplaires, a été revu et approuvé par le Comité ci-dessus indiqué.

Avis des Éditeurs.

---◦◦◦---

LES Éditeurs de la **Bibliothèque morale de la Jeunesse** ont pris tout-à-fait au sérieux le titre qu'ils ont choisi pour le donner à cette collection de bons livres. Ils regardent comme une obligation rigoureuse de ne rien négliger pour le justifier dans toute sa signification et toute son étendue.

Aucun livre ne sortira de leurs presses, pour entrer dans cette collection, qu'il n'ait été au préalable lu et examiné attentivement, non-seulement par les Éditeurs, mais encore par les personnes les plus compétentes et les plus éclairées. Pour cet examen, ils auront recours parti-

1 K

culièrement à des Ecclésiastiques. C'est à eux, avant tout, qu'est confié le salut de l'Enfance, et, plus que qui que ce soit, ils sont capables de découvrir ce qui, le moins du monde, pourrait offrir quelque danger dans les publications destinées spécialement à la Jeunesse chrétienne.

Toute observation à cet égard peut être adressée aux Éditeurs sans hésitation. Ils la regarderont comme un bienfait non-seulement pour eux-mêmes, mais encore pour la classe si intéressante de lecteurs à laquelle ils s'adressent.

PRÉFACE.

—

Le fonds de cet ouvrage est historique.
Le siége de Paris par les Normands, siége
souvent renouvelé dans le neuvième siècle,
occupe une assez grande place dans l'histoire de cette capitale.

Mais, pour donner à nos jeunes lecteurs
une idée plus claire du sujet que nous avons
voulu traiter, nous commencerons ce livre
par une notice historique sur notre principal personnage.

Gozlin ou Goslin, qui fut le quarante-
neuvième évêque de Paris, est représenté
dans cet ouvrage d'après les données de
l'histoire. Que l'on consulte Mézeray et les
autres historiens, ainsi que les poètes-chro-
niqueurs, et l'on verra que nous ne lui
avons attribué que des faits avérés ou au
moins très-vraisemblables.

Les dictionnaires biographiques nous
disent qu'il appartenait à la branche royale
des Carlovingiens ou Carolingiens, et qu'il
était cousin de Charles le Chauve. Il entra
d'abord dans l'ordre des Bénédictins, et
succéda à Ebroïn, évêque de Poitiers, en
qualité d'abbé de Saint-Germain-des-Prés.

On voit aussi, dans les biographies, qu'il
possédait en même temps, à la cour, plusieurs emplois importants. Le président
Hénault, qui écrit *Gaucelin*, au lieu de
Gozlin, lui donne la charge d'archichan-
celier, qu'avait exercée Ebroïn.

En 858, Gozlin fut fait prisonnier par les Normands, ainsi que Louis, son frère, et demeura longtemps captif. Il fut nommé évêque de Paris vers 883, et ce fut à cette époque qu'il donna les preuves de dévouement dont nous parlerons. Il fortifia cette ville et la défendit en personne contre les fils des Scandinaves. Il mourut pendant le siége, vers le 16 avril 886.

L'histoire dit encore que ce prélat était doué de grandes qualités. (Voyez Mézeray, Velly, Anquetil, la *Biographie universelle* de Michaud et les autres dictionnaires historiques.)

BERTHE

ET

THÉODORIC.

CHAPITRE PREMIER.

Manoir royal de Nogent. — Caractères de Berthe et de Théodoric. — Leur éducation par Gozlin. — On annonce l'arrivée des Normands.

A l'extrémité de l'antique bois de Vincennes, non loin de l'endroit où la Marne vient mêler ses eaux aux eaux verdâtres de la Seine, au sein de charmantes îles aujourd'hui couvertes de riantes maisons de campagne, mais longtemps désertes et abandonnées aux heureux caprices de la nature, on jouit d'une ravissante perspective qu'offre une plaine immense arrosée par la Marne.

Les îles verdoyantes qui s'élèvent du sein de cette rivière forment de délicieux méandres de verdure, qui ont tant de charmes, que le promeneur s'y sent retenu, comme dans ces îles dont parle la fable, et qui étaient peuplées, dit-on, par des nymphes jouissant d'un pouvoir surnaturel.

L'air pur qu'on respire dans ces lieux, l'agrément du paysage, les sites pittoresques et variés qu'on y découvre de toutes parts, font aimer depuis des siècles ce séjour aux Parisiens, qui vont y chercher le repos et de doux délassements, le dimanche et les jours de fête.

Il n'est donc point étonnant que le grand village, assez irrégulier, situé près de la rive droite de la Marne, qu'on voit se dérouler dans l'endroit qui vient d'être décrit, ait possédé, il y a bien longtemps, dès le sixième siècle, un manoir royal qui était souvent habité par nos anciens rois.

Ce village se nomme Nogent-sur-Marne. L'histoire rapporte que les rois Clovis III et Childebert III habitèrent successivement le manoir royal, et leur exemple fut facilement suivi de leurs successeurs, à cause de la beauté du site, et surtout de la proximité des giboyeux ombrages du bois de Vincennes, qui leur offraient le noble plaisir de la chasse, au sein d'un sol qui semble accidenté à plaisir pour ce délassement très-fatigant, image adoucie des fureurs de la guerre.

Le siége épiscopal de Paris était occupé alors par un brave et digne homme de la branche royale des Carlovingiens : c'était le vénérable Goslin ou Gozlin, qui avait été précédemment abbé de Saint-Germain-des-Prés, dignité d'une grande importance. Outre l'évêché de Paris, il avait plusieurs emplois notables à la cour. Son mérite et ses éminentes qualités lui valaient seuls ce grand crédit.

Gozlin venait quelquefois, dans les beaux jours de l'été, se récréer des affaires de l'état dans le royal manoir de Nogent-sur-Marne. Son plaisir était d'aller méditer sous les ombrages touffus de Vincennes, et de s'occuper de l'éducation de son neveu et de sa nièce, dont il avait fait ses enfants adoptifs, après la mort de leurs père et mère.

Berthe et Théodoric (c'étaient les noms de ces enfants) faisaient toute sa consolation, et lui rappelaient les traits et la belle âme d'une sœur chérie, morte avant le temps. Ces deux enfants se faisaient surtout remarquer par la tendresse qu'ils avaient l'un pour l'autre. Ils ne pouvaient se passer d'être ensemble, et faisaient consister leur bonheur à toujours vivre sous le même toit. Gozlin encourageait, autant qu'il le pouvait, cette douce inclination, qui assure la félicité de la famille.

Berthe, avec ses douze ans, semblait une petite nymphe de ces bois, alors qu'on la voyait courir en folâtrant après un papillon, ou bien lorsqu'elle se plaisait à cueillir des fleurs sauvages qu'elle tressait en bouquet pour l'offrir à son bon oncle Gozlin. Elle réunissait toutes les grâces de son sexe et de son âge. Elle était pieuse, et sa dévotion sincère aimait à se déclarer pour Marie, la reine des anges. Pure, candide, modeste, d'une douceur et d'une docilité admirables, on eût dit qu'elle était elle-même un de ces anges dont elle invoquait avec tant de foi la digne souveraine.

Théodoric, vif, bouillant, impatient par sa nature, n'était pas aussi facile à mener que sa sœur. Mais la douce fermeté de Gozlin avait fini par triompher de ce caractère si violent. La douceur a tant de force quand on sait l'employer à propos! Théodoric, élevé sous les yeux de son oncle, s'était insensiblement corrigé de ses accès de fureur, qui auraient fini par le rendre détestable.

Dur, colère jusqu'aux derniers emportements contre les choses inanimées, impétueux avec fureur, incapable de souffrir la moindre résistance sans entrer dans des crises terribles et qui pouvaient lui être funestes, opiniâtre à l'excès, passionné pour tous les jeux et pour tous les plaisirs, aimant la bonne chère, la chasse avec fureur ; enfin, livré à toutes les passions, souvent farouche, naturellement porté à la cruauté, barbare en raillerie, saisissant les ridicules des autres avec une justesse impitoyable, il se voyait si haut, qu'il ne regardait les hommes que comme des atomes avec lesquels il n'avait aucune ressemblance, quels qu'ils fussent. A peine les princes, ses parents, lui paraissaient-ils comme des intermédiaires entre lui et le genre humain. L'esprit, la pénétration brillaient en lui de toutes parts, jusque dans ses emportements ; ses reparties frappaient d'étonnement ; ses réponses étaient toujours justes et précises, même dans ses fureurs ; il se jouait des connaissances les plus relevées ; l'étendue et la vivacité de son esprit étaient prodigieuses, et le rendaient apte à toutes choses.

Tant d'esprit et une telle force d'esprit, joints à une telle sensibilité, à de tels penchants, n'étaient pas d'une réforme facile.

Gozlin avait vu tout de suite le parti qu'il pouvait tirer d'une telle nature, les obstacles qu'il devait s'attendre à rencontrer. Il mit tout en œuvre, et, avec l'assistance toute dévouée de sa nièce Berthe, le prodige fut qu'en très-peu de temps la dévotion et la grâce firent de Théodoric un autre enfant, et changèrent tant et de si redoutables défauts en vertus parfaitement contraires. De cet abîme sortit un prince affable, doux, humain, modéré, patient, humble et austère pour lui-même, tout appliqué à ses obligations et à ses devoirs.

Telle avait été la métamorphose opérée par l'évêque Gozlin. Mais que de soins, d'attention, de patience, que d'art et d'habileté, quel esprit d'observation, que de délicatesse et de variété dans le choix des moyens ne fallut-il pas pour opérer une révolution aussi extraordinaire dans le caractère d'un enfant, d'un prince appelé par sa naissance aux premiers emplois de l'état! Si son instituteur n'avait pas été le plus vertueux des hommes, si son élève, dont la pénétration était si redoutable, avait surpris la plus légère apparence de faiblesse ou d'inconséquence, tout son art, tous ses soins, toute son application étaient perdus. Il dut bien moins le succès inespéré de cette éducation à son génie et à ses talents qu'à ses propres vertus et à ses qualités.

Le vénérable Gozlin admirait cet heureux changement, dont il faisait honneur à la Providence. Il eût aimé à suivre les progrès de son neveu dans la voie du bien; mais les affaires de l'état le réclamaient trop souvent tout entier. L'invasion des Normands, surtout, le préoccupait vivement. Il avait déjà vu plusieurs fois de près ces barbares ennemis de la civilisation et de la religion du Christ. Il savait ce qu'on devait craindre de la fureur de semblables ennemis déchaînés sur nos plus belles provinces. Malheureusement il se sentait vieillir, et ne pouvait plus avoir la même énergie pour les combattre et les repousser.

Tout occupé de telles pensées, le prélat se promenait sous les arbres touffus qui bordent la Marne. Il avait son bréviaire sous le bras gauche, et s'appuyait en marchant sur un bâton noueux que tenait sa main droite. Il était plongé dans ses sombres réflexions, lorsque, léger comme un jeune faon, Théodoric, en plusieurs bonds, vint tomber à ses pieds, au détour d'une longue allée montueuse, ombragée par les vieux chênes du bois.

« Mon oncle, dit le jeune prince, ma sœur ne

revient pas, et elle avait dit qu'elle serait ici aujourd'hui de bonne heure.

— Eh bien! mon enfant, répondit Gozlin, je ne vois pas qu'elle soit déjà tellement en retard. Le soleil de midi n'a point encore argenté la croix de l'église.

— Père, reprit Théodoric, tout rouge d'impatience, vous avez raison, il n'est pas encore midi ; mais elle m'avait promis d'être de retour ici dans la première matinée, et il y a déjà longtemps....

— Oui, répondit l'évêque, il y a déjà longtemps qu'elle est passée. Cela est vrai ; mais, d'ici à Meaux, il faut considérer la distance, qui est environ de dix lieues. Quelque bonne marcheuse qu'elle soit, une mule ne peut faire ce trajet en moins de quatre heures, et si encore il y a eu quelques causes de retard que nous ignorons, ce qui est très-possible, la mule ne peut être encore arrivée, surtout en prenant des chemins de traverse comme ceux que tu connais. Modère donc ton impatience. Il n'est rien arrivé à ta chère sœur ; sans cela tu me verrais bien autrement tourmenté. Tu peux compter sur Olivier, que je lui ai donné pour l'accompagner. C'est un homme sûr et brave dans l'occasion. Il mourrait plutôt que de laisser faire du mal à une personne qui lui aurait été confiée.

— Je sais bien tout cela, dit Théodoric avec un geste de mauvaise humeur; mais ma sœur ne revient pas, et vous ne pouvez me garantir qu'il ne lui soit rien arrivé de fâcheux.

— Sans doute... Nul ne le pourrait, je crois. Mais j'aime à penser que tu t'alarmes sans fondement.

— Eh bien! père, reprit Théodoric, permettez-moi de monter à cheval et d'aller au-devant d'elle.....

— Non, Théodoric, répondit Gozlin d'un ton sévère; non, je ne permets pas cela, parce que ce serait fort inutile. Attendons encore; après j'aviserai.

— Attendre, toujours attendre, dit Théodoric, c'est à en mourir d'inquiétude.

— Non, tu ne mourras point d'inquiétude, reprit Gozlin. Ecoute, je viens d'entendre dans le bois le tintement de clochettes de mules, et nous n'allons pas tarder à revoir ta sœur.

— Puissiez-vous dire vrai! dit Théodoric avec exaltation.

— Je ne me suis pas trompé, regarde : voici Olivier qui descend la colline, et voici à son tour ta sœur qui fait avancer sa mule; tout-à-l'heure elle sera dans nos bras. »

Quelques minutes suffirent en effet pour rapprocher ces trois personnages. Ils s'embrassèrent comme après une longue séparation. Berthe n'était partie du manoir royal de Nogent-sur-Marne que depuis deux jours, et elle paraissait revenir en toute hâte.

« Berthe, lui dit Gozlin en remarquant l'altération de ses traits, qui vous obligeait de revenir si tôt ?

— Ma parole, mon père, répondit Berthe timidement.

— Certes, reprit Gozlin, je ne te désapprouve point, je ne te désapprouverai jamais de vouloir tenir ta parole. C'est un devoir sacré pour tout chrétien, et l'on dit que beaucoup d'infidèles auraient honte d'y manquer. Mais encore, il me semble que tu es encore émue de quelque chose que j'ignore ; parle, mon enfant.

— Eh bien ! père, dit Berthe, je vais vous dire toute la vérité : pendant mon court séjour à Meaux, des Normands ont fait irruption dans les villages voisins, et leur présence, qui pourtant n'a été que très-momentanée, n'a pas laissé que de me causer de vives inquiétudes. On les a repoussés, parce qu'ils étaient peu nombreux ; mais cette troupe, qui venait probablement en reconnaissance pour sonder le terrain, ne tardera peut-être pas à revenir en forces. Voilà surtout pourquoi j'ai pressé mon retour ; je craignais de vous laisser dans l'inquiétude, si le bruit de l'arrivée des Normands venait à frapper votre oreille.

— Oui, tu as bien fait, s'écria Théodoric, et je t'en remercie de toute mon âme.

— Berthe ne se trompe pas, dit Gozlin ; je connais ces Normands ; j'ai eu le temps de les étudier, de les connaître, pendant ma longue captivité.

— Comment, mon bon oncle ! reprit Théodoric, vous avez été prisonnier des Normands, et longtemps encore ? Alors, comme vous dites, vous devez les connaître.

— Si je les connais ! dit l'évêque d'une voix vibrante ; mais ils me connaissent aussi : ils savent que pendant cinq années que j'ai passées dans leurs fers, je n'ai pas faibli d'un seul instant dans ma foi de chrétien ; et cependant les mauvais traitements ne m'étaient pas épargnés, je vous en assure.

— C'était le martyre en détail, dit Berthe.

— S'ils reviennent par ici, ces vilains Normands, cria Théodoric en grinçant des dents, je veux me mesurer avec eux et leur donner un avant-goût de ce qui les attend sous les murs de Paris.

2 K

— Théodoric, reprit Gozlin, ce n'est peut-être qu'une fausse alerte ; mais il importe de ne pas se laisser surprendre. Appelle Olivier, je vais l'envoyer à Paris, avec mission de porter la nouvelle de l'arrivée des Normands.

— Bien, père, je vais faire sur-le-champ votre commission. »

Théodoric s'éloigna aussitôt pour aller parler à Olivier, et celui-ci, qui venait de mettre pied à terre et de rentrer sa mule à l'écurie, se remit vite en selle, et partit pour Paris, bien que sa monture parût un peu fatiguée.

Théodoric avait mis du zèle à s'acquitter de cette commission. Il revint bientôt retrouver son oncle et sa sœur, qui sollicitait l'évêque de lui donner queques détails sur les Normands.

« Mon enfant, je ne demande pas mieux que de satisfaire ta curiosité ; mais cherchons un endroit plus propice à la conversation, et je te parlerai tout à l'aise des méfaits de ces mécréants. »

Ils firent quelques pas dans le bois ; puis ils avisèrent un petit réduit bien ombragé, avec un tertre de gazon, et se dirigèrent de ce côté-là. Gozlin, adossé au tertre, commença son récit, que nous renvoyons au chapitre suivant.

Berthe Chap II

Ces mécréants tuaient ravageaient tout sur leur passage

CHAPITRE DEUXIÈME.

THÉODORIC, appuyé sur une flèche allongée dont il se servait contre les bêtes fauves des forêts, prêtait une oreille attentive aux paroles de son oncle, tandis que Berthe, fatiguée de sa longue course à cheval, s'était assise sur le gazon, et n'en était pas moins à portée de ne pas perdre un seul mot de ce qu'il allait raconter. Pour mieux dire, nos deux jeunes gens étaient comme suspendus aux lèvres du vieillard.

Celui-ci leur parla à peu près en ces termes :

« Mes chers enfants, vous voulez que je vous
parle des Normands : je vais vous satisfaire. Votre
curiosité, d'ailleurs, ne me paraît pas oiseuse,
puisque nous sommes encore menacés d'avoir très-
prochainement la visite de ces barbares.

« Il y a bien longtemps, bien longtemps que j'ai
vu ces terribles ennemis; il y a bien quarante ans
que j'ai fait connaissance avec ces terribles adversaires. Je venais d'entrer alors dans l'ordre des
Bénédictins; mais je n'avais pas dit un éternel
adieu au monde, à la famille; car votre mère, ma
très-jeune sœur, vivait encore; elle ne vous avait
pas alors donné le jour, et se plaisait à venir me
voir au monastère de Bagneux, les jours de fête
et de repos. C'était un grand bonheur pour moi que
de pouvoir passer une heure de récréation en compagnie de ma bonne sœur Gertrude, et je priais
Dieu qu'il daignât prolonger cet heureux état, qui
me semblait nous égaler presqu'aux bienheureux.

« C'était en l'année 858; je me le rappelle en ce
moment comme si j'y étais encore. Tout-à-coup,
une rumeur sinistre descend du haut des montagnes comme une avalanche rapide. Les campagnes sont désolées; l'effroi se communique
bientôt aux villes. C'étaient les Normands qui venaient de faire invasion dans notre patrie, et qui

menaçaient de la saccager. Ces mécréants tuaient, ravageaient tout sur leur passage. A la vue de ce spectacle affligeant, mon cœur battit violemment dans ma poitrine. Je me sentais de la vigueur, du courage, et je ne pouvais mieux les employer que contre les ennemis de notre foi, de notre pays et de notre repos.

« Je vais aussitôt trouver le révérend père abbé du monastère, pour lui demander la permission de me joindre aux gens de guerre et de courir sus contre les Normands, partout où ils se présenteraient.

— Allez, allez, mon fils, me dit-il; vous devez montrer plus de patriotisme qu'un autre : vous êtes de race royale; le sang des héros coule dans vos veines. Allez, devenez aussi un héros en servant la patrie. Nous prierons le Seigneur de bénir vos armes, et vous contraindrez ces farouches Normands à prendre la fuite.

« Issu de race royale, puisque j'étais cousin du roi Charles le Chauve, et sentant bouillonner dans mes veines un sang indigné contre les agressions de tout étranger, je profitai de cette permission du révérend père abbé, et j'eus bientôt opéré ma métamorphose en guerrier. Ce nouveau costume, costume tout de circonstance, convenait assez à mon caractère bouillant et naturellement emporté. Je n'hésitai pas à m'exposer au hasard des batailles.

« Aujourd'hui que mon sang s'est refroidi, aujourd'hui que le Ciel m'a fait la grâce de réformer ce naturel fougueux, je puis, mes enfants, vous avouer sans peine ces défauts de caractère, qui ne pouvaient disparaître qu'avec une bonne éducation.

— Comment, mon oncle! vous aujourd'hui si calme, si paisible, interrompit Berthe, vous avez pu être autrefois sujet à des emportements!

— Oui, mon enfant; je le confesserai même, dit Gozlin avec une grande douceur, j'avais une extrême facilité à entrer en fureur; et malheur à quiconque alors aurait osé me contredire!

— Je suis souvent dans le même cas, dit en rougissant Théodoric, et malgré tous mes efforts....

— Mon enfant, prie le Ciel de t'accorder la patience nécessaire, et il te l'accordera, sois en sûr. Vois ce que j'ai été, et vois ce que je suis en ce moment; que cela profite à ton éducation. Mais revenons aux Normands.

« Ces hommes du Nord, comme le dit le nom de Normands, n'étaient autres que les Scandinaves, farouches et terribles enfants d'Odin, affamés de conquêtes et d'aventures. Ces fiers guerriers du Nord, attirés par la beauté de nos campagnes fertiles, accouraient par troupes s'établir dans notre pays, ou du moins le ravager, s'ils rencontraient quelque résistance.

« On dit qu'Odin, le législateur des Scandinaves, était originairement roi des Ases, peuple scythe des bords de la mer Caspienne. Il avait l'humeur belliqueuse. Souvent il se plaignait d'avoir enchaîné son courage dans les étroites contrées où le sort l'avait fait naître.

« Il convoque un jour ses soldats, leur promet un riche butin, des terres, des honneurs; il s'autorise, dans le dessein qu'il leur annonce, d'un songe mystérieux que l'adroite Frigga, son épouse, lui avait communiqué. Frigga, confidente de son époux, avait été investie par lui des fonctions religieuses et politiques de prêtresse et d'oracle.

« Ils partent. Ils arrivent sur les bords du Tanaïs*, dans le but de rejoindre Mithridate, vaillant roi du Pont, qui luttait contre les Romains depuis qua-

---

* Ce grand fleuve de Russie s'appelle aujourd'hui le Don. Il prend la source dans le gouvernement de Toula et va se jeter dans la mer d'Azof (Palus-Méotides).

rante ans, et préparait en ce moment contre ces fiers ennemis une formidable expédition dont il osait encore espérer beaucoup.

« Mais bientôt les Scandinaves apprennent que, vaincu par un fameux général romain nommé Pompée, et trahi par un de ses enfants, ce grand roi venait de se donner la mort. Cette triste nouvelle est apportée au camp d'Odin par un fidèle émissaire, qui ne revient que pendant la nuit, et rapporte au farouche Scandinave les détails de cet événement imprévu.

« Ce coup abat d'abord le roi des Ases ; mais, réveillant son audace naturelle, il imagine, de concert avec Frigga, un mensonge qui doit lui répondre de l'obéissance de son peuple superstitieux.

« L'émissaire fidèle feindra qu'ayant trouvé Mithridate expirant, ce monarque lui a confié son épée, trempée de son sang, pour la remettre à Odin, qui devait, avec ce fer, accomplir la volonté des dieux, punir les Romains, et leur arracher la conquête de l'univers.

« Cet augure, révélé à l'armée, au milieu des pompes d'un sacrifice, par la belle et éloquente Frigga, appuyé de l'intrépidité d'Odin, flatte les Scandinaves et redouble leur valeur ; ils jurent de suivre leur chef jusqu'aux extrémités du monde.

« Ce fut la première migration de ces peuples du Nord. Ils passaient des bords du Tanaïs à ceux du Borysthène, et, remontant jusqu'à la source de ce fleuve, ils envahirent le pays des Troglodites, et se trouvèrent bientôt sur les rivages de la mer des Suèves. Durant ce long trajet à travers des contrées arides et sauvages, les guerriers d'Odin se rebutèrent plus d'une fois, ne trouvant rien qui répondît aux exigences de leur ambition.

« Pour contenir leur humeur turbulente, Odin sentit qu'il fallait leur inspirer des craintes et des espérances, et, n'ayant rien à leur donner sur la terre, il leur promit tout dans les cieux, dont il se disait l'envoyé. Il prouva bientôt sa mission par de prétendus miracles, œuvres de la physique, dont on enseignait les lois dans les écoles de Byzance, et dont il se servait avec habileté pour entourer de prestiges et d'illusions ses soldats ignorants.

« En traversant de ténébreuses forêts, Odin remarqua que, dans presque tous les vieux chênes, des abeilles sauvages avaient déposé le trésor de leur miel. Il en composa une boisson fermentée qui causait une agréable ivresse, et persuada à ses hommes que c'était d'une fée qu'il tenait le secret de préparer ce nectar. Dès ce moment, l'hydromel anima tous leurs banquets; tandis qu'il pétillait dans la coupe, ils chantaient l'amour et les combats, et souvent ils croisaient leurs glaives sur la table et l'inondaient de leur propre sang.

« Cependant, au milieu des déserts qu'ils traversèrent, ils rencontrèrent et défirent plusieurs peuplades qui menaient une vie innocente au fond des bois, ne vivant que du lait de leurs troupeaux. Le barbare conquérant immolait les vieillards sous le couteau du sacrifice, et rangeait sous ses drapeaux les jeunes gens capables de porter les armes.

« Bientôt Odin se fit une armée nombreuse, toute formée de soldats à la fleur de l'âge, et d'autant plus redoutables, qu'ils croyaient marcher sous les ordres d'un prophète, d'un demi-dieu, d'un héros invincible. C'est l'épée à la main, et à travers les champs qu'il ravageait et les villes incendiées, qu'Odin conçut le plan de la législation et du culte barbare qu'il réservait à ses sujets. Le premier principe de cette religion sauvage consacrait le suicide comme une action méritoire, et frappait de honte et d'infamie quiconque mourait de mort naturelle. Ce principe, fortifié du dogme de la résurrection et de récompenses analogues aux vertus guerrières qu'on avait pratiquées, faisait des soldats d'Odin autant de fanatiques toujours prêts à verser leur sang dans les combats.

«Odin ordonna la construction d'une flotte sur les bords de la mer Baltique ; il s'embarque et attaque d'abord les Scaniens; leur roi périt dans la mêlée. Maître de la Scanie, Odin s'empare de la Zélande, et, en dix années de temps, il subjugue les Saxons, les Saliens, les Goths, les Vandales, et vingt autres peuples qui voient en lui un envoyé du Ciel, un dieu dont les paroles sont des décrets. Toutes les nations vaincues par ce conquérant reçoivent sa religion, et lui envoient l'élite de leurs guerriers, pour qu'ils apprennent l'art de de vaincre sous ce chef invincible.

« Odin établit sa cour dans une ville de la Fionie, que de son nom il appela *Odinsée*. Tout-puissant et maître de presque tout le Nord, il vécut long-temps avec Frigga.

« L'un et l'autre, avant que les infirmités et la décrépitude ne vinssent démentir la céleste origine qu'ils s'étaient faussement attribuée, résolurent de sceller de leur propre sang les lois qu'ils avaient promulguées. En conséquence, ils convoquèrent à Odinsée tous les rois et tous les grands placés sous leur domination.

« Après avoir partagé ses états entre ses enfants,

Odin prononça un discours qui a retenu le nom
d'*Hamvaal*, ou *Discours sublime d'Odin*, et qui est
un résumé sentencieux de tout son système moral,
politique et religieux.

« Après avoir cessé de parler, il se fit sur la poitrine un cercle de neuf blessures avec la pointe de
son épée, en annonçant que sa mission était remplie, et qu'il remontait dans le séjour du bonheur,
où il reverrait ceux qui sauraient mourir en héros.
Frigga suivit son exemple. Les vieillards, jaloux
de partager la gloire de ce trépas, et désirant
échanger le peu de vie qui leur reste pour l'immortalité promise, tombent de tous côtés sur leurs
épées, et c'est ainsi que le sanguinaire et féroce
législateur du Nord eut des funérailles dignes de
lui, funérailles bien dignes en effet des fausses
doctrines qu'il avait répandues parmi ses sujets.

« Mais il restait une jeunesse intrépide et nombreuse, et tandis que les Arabes, entraînés par le
fanatisme de Mahomet, soumettaient l'Afrique et
l'Asie, les successeurs d'Odin, également mus par
un héroïsme fanatique, envahissaient les régions
septentrionales.

« Ces pontifes-rois eurent pour empire la Scandinavie, qui comprenait la Suède, la Norwège, le

Danemarck, la Fionie, la Finlande, et plusieurs autres contrées.

« Les expéditions d'Odin ont peut-être quelque chose de fabuleux ; mais assurément les conquêtes de ses descendants sont incontestables. Pendant plusieurs siècles, les Scandinaves, possédés d'une fureur guerrière, firent des invasions dans toute l'Europe. La terre manquant pour ainsi dire à leur courage impétueux, ils firent de la mer le théâtre de leurs plus brillants exploits. Plus d'une fois ils rendirent de grands services à la navigation. Les Scandinaves, avec leur système de piraterie, jetèrent les fondements de l'empire russe ; ils abordèrent en conquérants l'Ecosse, l'Irlande, les Orcades.

« Jamais le cœur humain ne fut entraîné par un fanatisme plus impétueux que celui du courage guerrier dans le soldat scandinave. Sa vie n'était pour lui qu'une belle occasion de mourir les armes à la main ; c'était peu de chercher un trépas héroïque, il fallait encore braver l'ennemi qui le donnait, rendre plus ingénieuse la rage des bourreaux, leur indiquer de nouvelles tortures, paraître moins leur victime que leur confident et leur complice, désavouer la pâleur et les souffrances par le sourire du dédain, et, le corps tout sanglant, il fallait encore tomber en exhalant un chant triomphal pour dernier soupir.

« C'était une honte de pleurer, même la perte du parent, de l'ami le plus cher : le sang, et non les larmes, devait seul répondre des regrets et de la fidélité.

« Un tel peuple devait être invincible ; il devait subjuguer les autres nations de la terre ; car, la discipline sous laquelle il avait grandi l'ayant dépouillé de tout sentiment humain, son insensibilité, devenue la cruauté même, devait ne le faire reculer devant aucune atrocité pour vaincre. Son destin était tout entier dans cette doctrine barbare.

« Vous voyez, mes enfants, que je prends les choses de haut. Pour connaître un fleuve, on est bien obligé de remonter à sa source. Je dois vous apprendre quelle est l'origine de ces farouches Normands qui, déjà plusieurs fois, ont porté dans notre patrie le ravage, l'incendie, la désolation, la ruine et le carnage.

« Quand les Scandinaves, leurs pères, étaient trop nombreux, et que leur pays ne pouvait plus leur suffire, on nommait, par la voix du sort, ceux-là qui devaient aller former des établissements dans des contrées étangères dont ces exilés s'emparaient à main armée.

« Le jeune Scandinave qui marchait pour la première fois au combat ne portait qu'un bouclier blanc appelé le *bouclier de l'attente*. Quand il s'était distingué, il obtenait l'insigne honneur d'y faire graver les marques de sa bravoure. Si un guerrier sortait des rangs pour combattre au front de l'armée, il était anobli, et s'il était déjà noble, on le proclamait chef d'une légion.

« Mais s'il prenait la fuite dans le combat sans avoir été assailli par moins de quatre adversaires, il était déclaré infâme, et n'avait plus droit de paraître dans les assemblées publiques ; ses parents le repoussaient de leurs demeures, et tenaient leurs portes fermées. Couché quelquefois sur un lit de neige, il soupirait, la tête tristement penchée vers la terre, et ses dogues fidèles semblaient seuls compatir à sa douleur. Dès que le jour paraissait, il s'enfonçait dans les forêts, et, gravissant les rochers couverts de noirs sapins, il n'avait d'autre moyen de subsister que de poursuivre le chevreuil de ses flèches.

« Si le Scandinave, accablé par le nombre, était emmené captif, il refusait la liberté qui lui était offerte par un ennemi généreux, et ne voulait devoir sa délivrance qu'à son épée.

« On m'a rapporté de fières paroles d'un roi

scandinave répondant à son vainqueur qui lui pro-
posait de briser ses fers :

« Que peut me garder l'avenir pour compenser
mes malheurs et ma honte? Toutes les coupes du
festin me seraient amères désormais, tous les
chants des scaldes * seraient funèbres pour moi.
Irai-je baisser un front humilié devant la harpe qui
juge les héros, et devant les trophées de mes pères
qui pendent aux voûtes de mon palais ? Ah ! quand
tu me rendrais mes trésors, quand tu reconduj-
rais sous mes tentes ma mère et ma sœur, tes bienfaits ne me rendraient pas ma gloire, et n'impose-
raient pas silence aux siècles futurs, qui diraient
toujours que je connus un vainqueur. »

« Le roi qui tenait un si fier langage se nommait Frothon. Il était si brave, qu'il défia Odin lui-
même. Du reste, la religion de ces barbares était
bien capable de leur inspirer tant de courage.
Ecoutez bien ceci. Voici ce qu'Odin avait imaginé
pour tenir lieu de l'enfer :

« Le *stistheim* était composé de neuf mondes,
réceptacles affreux des criminels, des lâches et de
ceux qui mouraient sans gloire. Dans le premier,

---

* Voir la note A à la fin du volume.

il plaçait Héla, ou la mort; la moitié de son corps est bleue, le reste a la couleur de la chair vivante, et ces deux nuances marquent le passage de l'existence à la dissolution. Le seuil de la porte d'Héla est un précipice; ses esclaves sont l'Attente et la Lenteur; à sa table est la Famine, et dans sa couche est la Maigreur. Près de là se découvre le sombre *Nastroud*, ou le *rivage des Cadavres.*

« Là s'élève une maison dont les fenêtres sont ouvertes du côté du Nord, et laissent pénétrer les frimas et les rafales; ses cloisons sont tressées de serpents dont les têtes, tournées vers l'intérieur, lancent des dards, mêlent des sifflements au bruit de l'ouragan, et distillent des poisons qui forment en s'écoulant un lac verdâtre, où sont précipités les assassins et les parjures, qu'engloutissent et rejettent vivants des monstres épouvantables. Plus loin est une forêt de fer, dont la mousse est une rouille épaisse. Le vent froisse et brise les rameaux de cette forêt. C'est là que sont enchaînés les géants, ennemis du ciel; mais un jour, secondés par Surtur, prince des mauvais génies, ils doivent briser leurs chaînes et détruire le ciel et la terre. Alors arrivera le crépuscule ou le dernier jour des dieux, prédit par la Voluspa. Je dois ajouter ici, pour plus d'exactitude, qu'au-dessus des assas-

3 K

sins et des parjures vole un dragon noir qui les
dévore et les vomit sans cesse. Ils expirent, ils
renaissent tour à tour dans ses vastes flancs, et
leur nouvelle vie n'est que le prélude d'une nouvelle mort. Ceux qui sont poussés au rivage sont
déchirés par le *Managarmor*, ou le chien des ténèbres, qui s'y traîne lentement, en jetant à
droite et à gauche son informe et lourde tête. De
ces lieux réprouvés s'échappent des fleuves im-
purs nommés le *Séjour de la Mort*, l'*Ennemi de
la Joie*, la *Tempête*, la *Perdition*, le *Rugissement*,
l'*Abîme*, l'*Agonie*, le *Tourbillon*.

« La forêt métallique est environnée de trois
côtés par une mer couverte de brouillards épais et
de glaces vagabondes, sur lesquelles se tiennent
les ombres des faibles vieillards et des lâches guerriers.

« Mais, pour compléter l'ensemble de la religion des Scandinaves, il faut parler du lieu de délices qui leur était promis.

« Asgard était le pays des Ases, peuples qu'Odin
avait entraînés à sa suite. Ces peuples, qu'il
établit dans le Nord, regrettèrent longtemps la
douce température et la fécondité d'Asgard. Les
vieillards, selon leur habitude, vantaient sans cesse
l'ancien temps et les charmes de la primitive pa-

trie, dont un conquérant les avait privés. Bientôt des traditions mensongères firent de cette patrie perdue un lieu de prédilection, que les divinités et les héros étaient seuls dignes d'habiter. Odin exploita ces regrets, et y mêla la douceur de l'espérance; il persuada à ses sujets que, s'ils mouraient en braves, leurs âmes s'envoleraient à Asgard. Telle fut l'origine de leur paradis.

« Le palais du Walhalla s'élevait donc à Asgard, suivant leur croyance ; il était situé vers l'extrémité méridionale du ciel; c'était là que résidaient les héros après leur mort, et ils y prenaient leurs rangs d'après le nombre des ennemis qu'ils avaient tués. Nul ne pénétrait dans le Walhalla, s'il n'avait péri de mort violente ; aussi les femmes qui mettaient au monde un fils demandaient-elles aux dieux qu'il mourût dans les combats ; et souvent les guerriers et les vieillards qui se sentaient malades et en danger de mourir s'étranglaient et se perçaient de leurs épées pour échapper à l'ignominie d'une mort naturelle.

« Dès l'aube du jour, la bergère Gygur, assise sur une colline, réveille les hôtes heureux du Walhalla, aux sons de la harpe. Bientôt *Fialar* ou le *coq rouge*, perché sur un palmier d'or, fait entendre son chant matinal : c'est le signal des jeux guerriers.

« Aussitôt les habitants d'Asgard sortent de leurs pavillons ; ils sont couverts de leurs armes, seul bien qu'ils aient voulu garder de tous ceux qu'ils eurent sur la terre. Cette foule de héros traverse cinq cent quarante portes étincelantes, pour se rendre, au son des clairons, dans la lice préparée pour le combat. Là ils s'attaquent mutuellement, se font de larges blessures, et se donnent le trépas ; mais ce trépas est aussi court qu'un léger sommeil et interrompt à peine leur immortalité.

« Car aussitôt que l'heure du repos et du festin est arrivée, ils ressuscitent soudain aux accords de la lyre de Bragu. Des vierges pansent les plaies de tous ces guerriers scandinaves revenus à la vie.

« Les braves entrent dans les salles du Walhalla, où le banquet est préparé. Les chairs brûlantes du sanglier Scrimner, qui renaît sous le couteau qui le divise, sont servies sur les disques des boucliers, et les Valkiries, espèces de grâces, couvertes d'armes blanches, font couler la bière et l'hydromel dans les crânes des vaincus, et distribuent ce breuvage enivrant aux guerriers scandinaves. Ceux-ci, vidant, à la lueur de mille flambeaux, ces coupes écumantes, et qui sont couvertes de rayons et de célestes couleurs, savourent à longs traits l'allégresse et l'oubli des maux d'ici-bas.

« Pendant le repas, les fées célèbrent sur la harpe les exploits des convives ; elles racontent les guerres des dieux et des géants, la victoire du dieu Thor sur le grand serpent, et autres fables de la religion des Scandinaves.

« Odin, le plus puissant des immortels, est assis sous le frêne Ydrasil. La Mémoire et l'Esprit, sous la forme d'un corbeau et d'un écureuil, viennent tour à tour raconter à son oreille ce qui se passe chez les mortels. Ce dieu ne daigne pas toucher aux portions du festin qui lui sont servies ; mais il savoure le breuvage qui inspire l'art des vers.

« Tel est le paradis des Scandinaves. Un grand pont, formé de l'arc-en-ciel, est son unique entrée. La garde de ce pont est confiée à Heimdal, dont les dents sont d'or pur. Ce dieu vigilant voit clair dans la nuit comme dans le jour ; il dort plus légèrement qu'un oiseau ; il entend croître l'herbe des prés et la laine des agneaux.

« Le culte des femmes est, chez les Scandinaves, une sorte d'idolâtrie superstitieuse. Les guerriers les plus barbares tombaient aux genoux des femmes, et leur adressaient des vœux et des prières comme aux arbitres de leurs destinées.

« Odin, ce terrible conquérant, dont la législation est l'effroi de l'humanité, et que ses sujets
surnommèrent l'*inhumain*, l'*exterminateur*, le *foudroyant*, l'*incendiaire;* Odin, en parlant des femmes,
sentait apaiser ses fureurs, et, comme s'il eût
voulu se réconcilier avec la nature, il disait à son
peuple :

« Honorez les femmes ; regardez-les comme des
divinités visibles, et comme les images et les
oracles des divinités invisibles ; que leur sourire
soit le prix des belles actions. »

« On appelait scaldes, chez les Scandinaves, des
poètes qui transmettaient les actions d'éclat à la
postérité. Leurs chants furent longtemps les chroniques de la Norwège, de la Suède et du Danemarck. La voix des scaldes résonnait toujours
durant les marches des guerriers, dans les camps,
pendant la mêlée, surtout dans les expéditions
maritimes.

« Sous le nom de Wiking, qu'on retrouve fré-
quemment dans les annales du Nord, on désignait
généralement ces hommes à l'esprit aventureux,
au courage intrépide, qui se faisaient une joie de
la guerre et un métier de la piraterie. Toute la partie septentrionale de la Suède et de la Norwège,
de toutes parts hérissée de forêts, n'offrait point

de moyens d'existence à ses habitants, obligés de
devenir chasseurs ou pêcheurs.

« Ils allaient dans les forêts surprendre les
bêtes fauves, attaquer l'ours pendant son sommeil,
traquer le loup dans sa tanière; ils construisirent
des barques et s'élancèrent intrépidement sur les
flots orageux. Cette vie d'action développait à un
haut degré leur force physique, leur énergie, et
entretenait en eux l'habitude des périls et des ten-
tatives hardies. Le pays était divisé en une infinité
de petits districts, gouvernés par autant de chefs
ambitieux, avides et jaloux les uns des autres.

« A chaque instant s'élevaient de nouvelles
dissensions et de nouvelles guerres, et ces hommes,
accoutumés à tremper leurs flèches dans le sang,
couraient joyeusement à la chasse des hommes,
comme à celle des animaux féroces.

« Au premier siècle, l'invasion de l'Angleterre
par les Anglo-Saxons élargit l'horizon des Vikings.
Ils virent jusqu'où l'on pouvait aller avec une
barque et une épée. Ils avaient déjà pris l'habitude
de se répandre hors de leur pays dans les temps de
disette, qui se renouvelaient souvent.

« Les victoires de notre grand empereur Charlemagne leur fermèrent l'entrée de l'Allemagne. Ce
vaillant monarque, voyant de loin croiser sur les

côtes de France les flottes de ces barbares, n'avait pu retenir ses larmes.

« — Hélas! s'écria-t-il, si, malgré toute ma puissance, ils viennent insulter mes frontières, que n'oseront-ils pas quand je ne serai plus? »

« Ces craintes ne se réalisèrent que trop tôt. Ce fut alors que les Vikings abordèrent en Angleterre. Puis ils firent des invasions sur les côtes étrangères, et répandirent l'épouvante dans toute l'Europe. Vers la fin du siècle dernier, ils saccagèrent le Northumberland, s'emparèrent du cloître de Saint-Guthbert, massacrèrent les moines, ravirent les trésors de l'église. Peu après, ils envahirent l'Irlande et les îles qui l'avoisinent. Puis ils apparaissent en France, sur la Loire et sur la Garonne, ravageant le centre du pays, et y formant des établissements.

« Quelques années plus tard, ils s'avancent vers Rouen, avec cent vingt navires, remontent le cours de la Seine, et s'emparent de Paris. Tout fuit à leur approche; tout cède à leur fureur. Les religieux emportent les vases sacrés et les reliques des églises; les pères de famille, effrayés, quittent leur demeure, avec tout ce qu'ils ont de plus précieux, et s'en vont, avec leurs femmes et leurs enfants, chercher au hasard un refuge contre le fléau

qui les menace. D'autres hordes suivent les premières, et se montrent encore plus avides et plus
terribles.

« Ce fut alors que, simple religieux de Saint-
Benoît, je sortis du cloître, et pris les armes pour
résister, s'il était possible, aux attaques multipliées
des Normands.

« Ces brigands attaquaient d'ordinaire à l'im-
proviste, rarement en bataille rangée. La terreur
marchait devant eux, et subjuguait d'avance les
populations qu'ils menaçaient.

« C'était un affreux spectacle que celui de nos
campagnes ravagées, incendiées, livrées à la rapacité de ces barbares du Nord. J'étais jeune alors,
mes enfants ; un sang bouillant coulait dans mes
veines, et s'indignait de voir la patrie traitée si
honteusement par les envahisseurs. Avec l'autori-
sation de nos supérieurs, mes jeunes compagnons
et moi nous échangeâmes nos habits religieux
contre des cuirasses ; nos fronts se couvrirent de
casques, et nos mains, inhabiles, mais pleines de
bonne volonté, apprirent à manier des armes qui
ne devaient servir que contre les farouches ennemis de la patrie, couverte de ruines et de
meurtres.

— J'en ferais autant bien volontiers, interrompit Théodoric, en étendant le bras d'une manière menaçante. Que jamais les Normands viennent nous faire visite, je vous promets que je leur ferai l'accueil qu'ils méritent, les brigands. Je leur ferai tâter du fer de ma dague; je ne leur ferai pas de quartier. Il faut que ces bêtes féroces, que ces païens maudits de Dieu, ne trouvent chez nous ni merci, ni miséricorde. Il faut nous réunir tous dans un commun effort, et les écraser, ou, du moins, les forcer de regagner en désordre leurs barques insolentes, qui viennent souiller de leur présence les eaux paisibles de la Seine.

— J'aime à t'entendre tenir un pareil langage, reprit Gozlin, en redressant avec fierté sa taille amaigrie par les jeûnes et par les années; mon cher Théodoric, tel doit être le premier mouvement d'un jeune prince qui aime son pays. Mais.....

— Il y a sans doute des dangers à courir dans des circonstances pareilles, dit vivement Théodoric; je le sais. Aussi suis-je prêt à faire le sacrifice de ma vie, de ma liberté, de tout ce que je possède.

— Calme-toi, Théodoric, dit Berthe, avec un accent de douceur qui trahissait son émotion secrète et la terreur que le nom seul des Normands lui inspirait. Calme-toi, mon cher frère, ne parle pas de mort, de liberté perdue, et d'autres malheurs ; les Normands ne sont pas encore là ; notre bon oncle serait instruit du danger, si véritablement il nous menaçait. Réserve donc ton sang-froid pour le moment du péril. D'ailleurs, tu ne connais pas les Normands ; je ne les connais pas non plus ; mais nous devons les craindre ; ce sont des mécréants, des idolâtres, des hommes de sang, qui offrent du sang à leurs dieux féroces.

— Les craindre ! Allons donc ! s'écria Théodoric, avec cette forfanterie qui est assez ordinaire aux jeunes garçons, quand le danger est encore éloigné ; les craindre ! Mais je ne veux que les exterminer, si Dieu m'en donne la force, bien entendu....

— Que ferais-tu, pauvre Théodoric, dit le vénérable Gozlin ; que ferais-tu, en présence de hordes accoutumées au carnage, toi si jeune encore, et qui n'a pas encore de barbe au menton ? Certes, je ne doute nullement de ton courage. Mais la force est toujours la force, et celle des Normands, qui se renouvelle sans cesse, me semble une puissance bien redoutable. Déjà....

— Mon oncle, avec le temps et de la patience,

ne peut-on parvenir à user cette force, ainsi que cela s'est vu pour d'autres conquérants ?

— Sans doute, reprit Gozlin; mais c'est là un des secrets de Dieu. Je reviens au récit que vous m'avez demandé. Je ne vous parlerai point de mes coups de lance. Mon caractère ne s'accommode guère de ces hauts faits qu'il faut toujours déplorer, et mon grand âge me fait une loi de la modestie. Mon cousin le roi Charles le Chauve m'appela, par sa faveur, à la dignité d'abbé de Saint-Germain-des-Prés ; cela ne m'empêcha point de combattre les Normands, et c'était une forte partie, je vous assure ; car ces brigands étaient en si grand nombre, qu'on aurait cru leurs grandes barques inépuisables d'hommes tout disposés pour la rapine et le brigandage.

« Un jour que les Normands avaient fait invasion dans le quartier de la Cité..... »

En cet endroit de son récit, Gozlin s'arrêta tout-à-coup. Un des serviteurs de la maison, le vieux Raimbaud, s'approchant avec respect du vénérable prélat, lui dit quelques mots à l'oreille, avec un air de mystère.

« Vous dites, Raimbaud, dit le seigneur évêque, qu'ils ne sont qu'à une journée de cette résidence ? C'est bien. Faites sur-le-champ parvenir

cet avis à Paris, et ayez soin qu'on nous prépare
des chevaux, pour que nous puissions y retourner.

— Monseigneur, répondit Raimbaud, en se re-
tirant, vos ordres vont être exécutés.

— Est-ce que nous allons rentrer dans Paris,
mon oncle ? dit timidement la jeune Berthe.

— Oui, mon enfant, répondit Gozlin ; il faut
que je sois là pour donner des ordres. Les Normands croient nous surprendre sans défense ;
mais ils se trompent.

— Mon oncle, reprit Berthe, avec une légère
émotion, il me semble que nous serions plus en
sûreté ici qu'à Paris. Loin de la route et de toute
communication avec la capitale, les barques des
Normands ne remonteraient pas le cours de la
Marne tout exprès pour nous trouver, et nous
serions à l'abri de leurs déprédations, dans cette
résidence isolée de tout.

— Ma foi, dit Théodoric, assez gaillardement,
je voudrais bien retourner à Paris, et vous y
accompagner pour grossir le nombre des défenseurs de la ville. Cependant, c'est à regret que je
laisserais ici ma sœur, éloignée de tout secours.

— Il y a moyen de tout concilier, dit Gozlin,
après avoir réfléchi un moment : vous resterez

tous deux dans ce manoir ; j'ai des ordres à donner en arrivant, j'ai des mesures de défense à prendre ; vous m'embarrasseriez dans ce premier moment. Vous resterez donc ici, sous la surveillance de Raimbaud, et, quand je le jugerai à propos, d'ici à quelques jours, je vous enverrai chercher sous bonne escorte, et vous viendrez me rejoindre.

« Vous entendez, mon neveu et ma nièce ? Je vous recommande seulement de ne vous éloigner sous aucun prétexte ; je reprendrai mon récit une autre fois. La circonstance demande d'autres soins. Le temps presse ; l'ennemi vient, et je pars à l'instant. »

Une heure après, Gozlin, monté sur sa mule, suivait le chemin de Paris.

CHAPITRE TROISIÈME.

ENLÈVEMENT DE THÉODORIC ET DE SA SŒUR.

Manoir épiscopal de Paris. — Dispositions défensives prises par l'évêque Gozlin. — Comment il apprend la disparition de son neveu et de sa nièce. — Mesures qu'il ordonne pour les découvrir.

Nous suivrons Gozlin à Paris, où l'appelaient ses importantes fonctions, devenues plus difficiles au moment d'une subite invasion des Normands.

La maison de l'évêque était située, de temps immémorial, à peu près sur l'emplacement qu'occupait, il y a vingt-deux ans, le bâtiment de l'archevêché, si indignement mutilé et pillé par d'autres barbares plus redoutables que les Normands du neuvième siècle, et beaucoup moins excusables que ces païens, nourris des doctrines sanguinaires d'Odin.

Cette maison était située à la pointe orientale de l'île de la Cité, et s'élevait pour ainsi dire sous la protection de la vieille et vénérable basilique, qui alors portait le nom de Saint-Étienne, et n'avait point encore le renom qu'elle a acquis depuis, sous l'invocation de la Reine des Anges ; on comprend que nous voulons parler ici de l'auguste église métropolitaine de Notre-Dame de Paris. Tout ce quartier, où se concentrait alors toute la ville de Paris, était couvert de monastères, d'églises, de chapelles et d'oratoires, monuments de la piété de nos pères, monuments qui ont presque tous disparu, ainsi que le sentiment qui leur avait donné naissance.

A l'époque dont nous avons à parler, Paris étant devenu la seule capitale du royaume, les évêques de cette ville avaient, par cette situation nouvelle, acquis un degré de puissance et de consi-dération qu'ils n'avaient point eu jusque-là. Les droits de l'évêque étaient tels, que la ville de Paris était, pour ainsi dire, partagée en deux parties, dont l'une était sous la domination du roi, tandis que l'autre était sous celle du prélat ; il faut même ajouter que les bourgeois qui reconnaissaient la juridiction de ce dernier refusaient souvent d'obéir aux ordonnances du roi. Mais il ne s'agit point de ces conflits d'autorité. Le danger commun les avait fait disparaître, et d'ailleurs, l'évêque Gozlin appartenait à la branche royale des princes régnants; il était cousin de Charles le Chauve, et tenait à honneur de soutenir l'éclat de la dynastie carlovingienne, qui avait à lutter contre un ennemi nouveau, et d'autant plus redoutable qu'il se renouvelait sans cesse.

La maison de l'évêque était donc un des points fortifiés de la ville. Non-seulement elle était défendue par les eaux de la Seine, qui formait à l'est une barrière naturelle, mais encore d'énormes talus en pierre de taille, et presque taillés à pic, dont le pied plongeait dans l'eau, rendaient de ce côté l'entrée de l'île presque impossible à force ouverte. De distance en distance, d'énormes blocs de pierre, disposés en pyramides comme les boulets dans nos arsenaux, annonçaient que l'on était préparé pour soutenir un siége. Les barbacanes ou meurtrières, destinées à accabler l'ennemi de flèches ou d'autres projectiles en usage dans ce temps-là, étaient garnies de sentinelles qui veillaient à toute heure du jour et de la nuit.

Des bourgeois armés de mousquets, de piques, de sabres, formaient la garnison de la ville, et dis-

posaient de forts grappins en fer pour accrocher,
malgré elles, les barques normandes, et les couler bas, s'il était possible.

Enfin, tout respirait la guerre, et l'on se dispo-
sait à combattre comme si les Normands eussent
été déjà aux portes de la ville. On voyait des
femmes et des enfants sur les murailles, flanquées
de tours en bois grandes et petites, qui attendaient
leurs garnisons respectives. Une sorte de clameur
vague et confuse se fit entendre quand l'évêque
Gozlin parut.

« Enfants, dit-il, on nous annonce l'arrivée
des Normands, ces éternels ennemis de notre repos. J'étais à Nogent; mais, à cette terrible nouvelle, je suis revenu au milieu de vous, pour
vous donner quelque confiance et vous aider des
conseils de mon expérience. »

Des acclamations prolongées accueillirent le
prélat. On était heureux de le revoir; on savait
que ce n'était pas la première fois qu'il se rencon-
trait avec des Normands; on avait foi en lui, parce
qu'on le savait vaillant et expérimenté, et que l'on
comptait sur sa vigilance active pour dérouter et
vaincre l'ennemi.

L'évêque se montra très-flatté d'une telle ré-
ception. Il adressa quelques paroles pleines de

bonhomie à des bourgeois qui se pressaient avec confiance autour de lui.

« Où est Gauvain, le chef de mes archers ? dit-il d'une voix forte.

— Monseigneur, répondit-on, Gauvain, le capitaine Gauvain visite les postes, et vous allez le voir tout-à-l'heure.

— C'est bien, mes amis, je vous remercie. »

Dans ce moment arrive maître Gauvain ; il met respectueusement la main à son armet pour saluer l'évêque.

« Monseigneur, me voici, dit-il avec le ton d'un homme qui sait qu'il a fait son devoir.

— Eh bien ! Gauvain, voilà donc encore ces enragés de Normands ! Avez-vous pris toutes les mesures pour les recevoir ? Vous savez qu'il faut avec eux aller jusqu'au plomb fondu, jusqu'à l'huile bouillante. C'est horrible à penser qu'on traite si cruellement des hommes qui sont, comme nous, des créatures du bon Dieu ! Mais la guerre a d'horribles nécessités.

— Monseigneur, répondit Gauvain, cela n'est que trop vrai ; mais il faut nous défendre. J'ai fait tout ce que vous aviez ordonné.

— Je vous en remercie, mon brave, dit l'évêque en faisant un soupir.

— Monseigneur, nous n'allons point chercher les Normands.... Que ne restent-ils dans leur pays ? Nous n'allons pas incendier leurs villes ; nous ne dévastons pas leurs temples comme ils ont déjà fait de nos églises et de nos monastères, ces brigands vomis de l'enfer. Il méritent donc bien de trouver des hommes qui se défendent bravement, qui ne se laissent pas tordre le cou comme des poules. Ce sont de légitimes représailles ; vous le savez mieux que personne, monseigneur, vous qui avez été si longtemps leur prisonnier. Ils ne reculent devant aucun crime, dès qu'il s'agit de prendre ce qui ne leur appartient pas. Il faut leur résister autant que Dieu nous en donnera la force et le courage. Il faut leur apprendre qu'ils ont affaire à des hommes de cœur, et que nous nous moquons de leurs torches d'incendiaires. Nos femmes, nos enfants même sont animés du meilleur esprit ; ils combattront l'ennemi avec d'autant plus d'ardeur qu'ils savent que ce sont d'odieux païens, dont les dieux ne respirent que le sang, et qui viennent ici se baigner dans le nôtre.

— Pauvres aveugles ! dit l'évêque, ils errent dans les ténèbres et ne connaissent pas la douce lumière de l'Evangile.

— Mais, monseigneur, sauf votre respect, re-

prit Gauvain, c'est très-bon de s'attendrir en faveur
de gens qui en valent la peine , de gens comme
nous , par exemple, qui avons à défendre nos
foyers....

— C'est vrai, reprit Gozlin avec dignité , et je
saurai au besoin vous en donner l'exemple. Réu-
nissez vos hommes, l'ennemi s'avance sur nous :
qu'il nous trouve sur pied et prêts à repousser ses
attaques. Vous êtes mon troupeau, je suis votre
pasteur ; je veux vous prouver mon dévoûment
pour mes brebis. Nos ponts, nos portes sont-ils
bien gardés ? A-t-on mis en réserve des vivres pour
soutenir un siége ? Avez-vous eu soin d'assurer la
subsistance de chacun pour ce temps de terrible
épreuve ?

— Oui , monseigneur ; j'ai fait tout ce que vous
aviez ordonné ; nous nous tenons en observation
pour n'être pas surpris par ces mécréants. J'ai
même envoyé plusieurs barques montées par des
hommes prudents et intrépides ; je les ai envoyées
pour éclairer la marche des Normands , et nous
avertir des progrès de leur navigation , afin qu'ils
n'arrivent pas sur nous comme une avalanche.

— Gauvain, vous avez prévenu mes intentions ;
vous avez bien fait, je vous en félicite.... Je rentre
dans mon manoir pour endosser l'habit de guerre.

« — J'omettais de vous dire, monseigneur, que le comte Eudes, ce brave comte de Paris, vient de nous envoyer un corps d'arbalétriers qui nous rendra de grands services, et qu'il nous promet d'autres renforts.

— Le comte Eudes est un brave ; je le reconnais à ce trait, répondit Gozlin ; il nous sera d'un grand secours ; car sa vaillance est grande et digne d'un fils de Robert le Fort. Nous pouvons donc compter sur son concours.

— Oui, monseigneur, dit Gauvain ; il me l'a fait dire positivement par son envoyé.

— Maintenant, Gauvain, reprit Gozlin, faites préparer tout de suite une barque légère pour la nuit ; je vous instruirai de mon dessein.

— Cela suffit, monseigneur, » dit Gauvain en s'inclinant.

L'évêque Gozlin, après ce colloque, se retira dans ses appartements et revêtit l'habit de guerre qui lui avait servi près de trente ans auparavant, lors de l'invasion des Normands en 858. Quoique un peu courbé par l'âge, sa mine était rehaussée par ce costume militaire, qui lui allait fort bien. A son front blanchi par l'âge, aux rides profondes creusées sur son visage, à son aspect vénérable et imposant, on aurait pu le prendre pour un homme qui avait vieilli dans les armes. Il marchait encore d'un pas ferme, et sa main tenait ferme aussi une épée de combat qui était restée suspendue à son chevet, près de son crucifix, depuis qu'il était revenu de captivité. Gauvain reparut quelques instants après.

« Monseigneur, dit-il, vos ordres son exécutés : la barque est prête; que faut-il faire à présent?

— Tout simplement envoyer une personne de confiance à Nogent pour demander des nouvelles de ma nièce et de mon neveu que j'y ai laissés, et ensuite pour explorer la contrée, et voir si elle sent le Normand. Puis la personne reviendra aussitôt. Qu'elle ne parte que lorsque la nuit sera tombée, afin de revenir de même pendant les ténèbres. Je l'attendrai au bas du grand pont.

— Je vais transmettre cela à qui de droit, reprit Gauvain, à un homme d'un courage éprouvé, et aussi prudent que brave.

— Qui chargez-vous donc de cette mission? dit l'évêque.

— Monseigneur, sauf meilleur avis, c'est Robert Lefort.

— Etes-vous sûr de cet homme?

— Oui, monseigneur, j'en réponds corps pour corps.

— Très-bien; je n'en demande pas davantage.
Un homme que vous avez choisi doit être au-dessus de tout soupçon. Dans la nuit donc je l'attendrai, comme je vous l'ai dit, au bas du grand pont.

— Je suis heureux, monseigneur, de la bonne
opinion que vous avez de moi, et je m'efforcerai
de la justifier, reprit Gauvain.

— Mon ami, vos preuves sont faites depuis
longtemps. Allez et veillez au service de la place;
car il faut considérer Paris comme une ville assiégée. »

Gauvain courut exécuter l'ordre dont on venait
de le charger; il avait hâte de voir partir la barque
de Robert Lefort, et surtout de la voir revenir.
Gozlin, en proie à une inquiétude vague, se re-
pentait d'avoir laissé ses neveux à Nogent. Un
fâcheux pressentiment l'assiégeait depuis quelques
heures. Des maraudeurs normands ne pouvaient-
ils pas laisser leurs barques en-deçà de la ville, et
pousser une pointe au-delà pour piller, suivant
l'habitude de leur nation? Cette crainte le tour-
mentait plus que l'invasion des Normands elle-
même. Son esprit ne devait pas avoir de repos
tant que Robert Lefort ne serait pas de retour. Il
ne savait pas qu'ensuite il serait encore plus tourmenté.

Placé au bas du grand pont, au milieu d'une nuit très-obscure, il attendait, l'oreille au guet, et retenant parfois sa respiration, afin de mieux entendre. Jusqu'à minuit, tout resta dans le calme autour de lui; il n'entendit rien venir; mais, quelque temps après que les douze heures eurent épuisé le sablier, il eut la perception du bruit lointain de deux rames qui semblaient s'approcher. Leur mouvement régulier et monotone réjouissait son imagination. Ce bruit se rapprochait de moment en moment; enfin, il s'éteignit dans celui des vagues qui venaient se briser contre une des arches du pont.

Une barque, abandonnée à la voile, vint doucement s'amarrer non loin de cette arche.

« Qui va là? dit à demi-voix Gozlin.

— Votre serviteur, Robert Lefort, répondit l'homme de la barque.

— Alors viens ici, dit Gozlin.

— C'est bien mon intention, monseigneur, dit Robert Lefort; mais le courant est rapide en cet endroit; je dois prendre quelque précaution.

— Quelles nouvelles m'apportes-tu? dit Gozlin à l'homme, quand sa barque fut fixée au sol.

— Mauvaises, monseigneur, mauvaises! » répondit celui-ci en baissant la voix.

L'évêque fut consterné en regardant, à l'aide de son fallot, les traits tristes et abattus de son émissaire.

« Explique - toi , Robert Lefort, s'écria - t - il avec une voix stridente d'impatience. Au nom du Ciel, ne me laisse pas dans cette inquiétude. Qu'y a-t-il? Qu'est-il arrivé? Mes neveux sont-ils morts?

— Non, monseigneur; je ne le pense pas du moins; mais on ne sait ce qu'ils sont devenus.

— Comment! Raimbaud, le vigilant Raimbaud ne sait lui-même ce qu'ils sont devenus?

— Non, monseigneur; je l'ai vu, il est désolé; il fait faire des recherches dans tous les bois qui avoisinent Nogent, et bien plus loin encore. Le désespoir lui trouble la cervelle; il m'a dit de vous assurer qu'il n'y avait rien de sa faute.

— Mais encore, comment cela est-il arrivé?

— Monseigneur, la chose est bien simple : un bohémien s'est présenté au château pour y faire des tours d'adresse merveilleux, comme ils en savent faire. Le damoisel et sa sœur ont pris tellement plaisir à ses tours, qu'ils l'ont suivi un moment dans le bois, et puis....

— Et puis...

— Eh bien! reprit Robert, on ne les a plus revûs. Ah ! monseigneur, voyez-vous, c'est quelque tour de sorcellerie ; tous ces gens-là ont commerce avec le diable. Ils s'entendent peut-être avec les Normands pour tirer de vous une forte rançon. Oh ! cela ne me surprendrait pas ; ils sont capables de tout.

— Ecoute, Robert Lefort, dit l'évêque ému, veux-tu me rendre un grand service ?

— Oui, monseigneur, avec plaisir.

— Eh bien ! retourne sur-le-champ au manoir de Nogent, et dis à Raimbaud, de ma part, de faire faire perquisition dans les chaumières qui bordent la route. Tu ne reviendras ici que lorsque la perquisition aura été faite.

— Oui, monseigneur.

— Tiens, Robert Lefort, voilà quelque chose qui te donnera du nerf. »

En même temps, Gozlin lui mit dans la main quelques pièces d'or.

« J'accepte votre or, parce qu'il vient de mon digne évêque ; mais, je ne vous le cache pas, l'entreprise n'est pas sans péril. Je ne sais comment cela se fait, mais il y a là-haut des barques normandes, qui m'ont fait la chasse, et qui me reconnaîtront infailliblement.

— Oh ! je t'en conjure, Robert Lefort, tente l'aventure, et tire-moi d'une peine cruelle.

— J'y vais, monseigneur; je pars à l'instant même. »

En disant ces mots, Robert détacha sa barque, prit ses rames et en joua si vigoureusement, qu'en quelques minutes il était hors de la portée de la voix, et déjà bien loin de Gozlin.

Celui-ci, livré à une préoccupation pénible, remonta dans la Cité en passant l'inspection de tous les postes qui se trouvaient sur son chemin. Il allait bientôt venir reprendre son poste d'attente. Mais Robert Lefort ne pouvait être de retour que le lendemain dans la matinée.

CHAPITRE QUATRIÈME.

UN RAYON D'ESPÉRANCE.

Comment ou découvre la trace des ravisseurs. — Ce que c'était que Plectrude. — Service rendu par cette femme normande. — Raphaël le bohémien.

Le soleil était déja haut sur l'horizon, que Robert Lefort n'avait pas encore paru. Il faudrait concevoir les angoisses d'un bon père inquiet du sort de ses enfants, pour se faire une idée de la situation morale de Gozlin. Berthe et Théodoric étaient les enfants d'une sœur chérie. Ils avaient été élevés par ses soins ; ils étaient la consolation de ses cheveux blancs, l'unique joie de sa vieillesse. Aussi ces deux enfants, qui lui étaient enlevés d'un même coup, laissaient au fond de son cœur une douleur

amère que rien ne pouvait calmer, même les travaux du siége inévitable que la ville allait avoir à
soutenir.

Penché mélancoliquement sur les eaux du
fleuve, il attendait depuis longtemps le retour de
Robert Lefort, lorsqu'il découvrit au loin, bien
loin encore devant lui, une barque qui venait de
son côté à grande vitesse.

« Eh bien! dit Gozlin quand Lefort fut à portée
de sa voix, qu'as-tu aujourd'hui de nouveau? Les
oiseaux ont-ils été dénichés?

— Pas encore, monseigneur; mais nous avons
quelqu'un qui pourra nous renseigner, et qui....

— Où est ce quelqu'un? dit l'évêque avec vivacité.

— Elle est là.... C'est une femme qui ne veut
parler que devant vous, monseigneur, répondit
Robert Lefort; elle dit qu'elle vous connaît, que
vous lui avez rendu un très-grand service, et
qu'elle ne veut parler qu'à vous.

— Mais où est-elle encore cette femme? reprit Gozlin avec une impétuosité toujours crois-
sante.

— Elle est là, vous dis-je. (Et Robert Lefort
montrait de sa main la cabine de sa barque.)

— Amenez-la moi, cette femme, que je puisse

l'interroger, et savoir ce qu'il faut croire du sort de mes chers neveux. »

Robert Lefort entra dans la cabine, et reparut quelques instants après, tenant par la main une femme âgée, d'un extérieur misérable, et qui, s'approchant de l'évêque avec un maintien respectueux, lui dit à voix basse :

« Monseigneur, ne me reconnaissez-vous pas ?

— Par Notre-Dame, dit Gozlin, mes souvenirs ne me servent pas. Je cherche, je cherche sans pouvoir trouver....

— La reconnaissance me sert mieux que votre mémoire, reprit la vieille ; car elle me dit que c'est à vous que je dois d'être chrétienne ; oui, c'est vous qui m'avez convertie à la foi ; c'est vous qui m'avez baptisée dans le camp des Normands. Vous souvenez-vous à présent ? Vous rappelez-vous le nom de la pauvre Plectrude ?

— Oh ! oui, ma fille, dit l'évêque ; et vous avez dignement persévéré dans les voies de Notre-Seigneur Jésus-Christ ? Vous êtes toujours chrétienne ?

— Oui, comme au premier jour. Je tiens même davantage à ma croyance, aujourd'hui que j'ai souffert pour elle.

— Vous avez souffert, bonne Plectrude ? reprit

Gozlin avec un air de commisération; en effet, votre visage porte les traces d'une profonde souffrance. Vous avez dû être bien rudement éprouvée pour avoir vieilli en si peu de temps? Pauvre Plectrude!

— J'ai pu voir réuni sur ma tête, reprit Plectrude, tout ce que l'homme regarde comme les plus grands malheurs. Ma famille, que j'aimais, m'a chassée ignominieusement, et j'ai dû, pour sauver mes jours, m'éloigner de mes compatriotes et chercher un refuge contre la cruauté de ces idolâtres.

— Et mes neveux, Plectrude, pouvez-vous me dire ce qu'ils sont devenus?

— Votre neveu et votre nièce, monseigneur, existent tous deux; mais ils courent le plus grand danger.

— Merci, Plectrude; ce que vous me dites me soulage d'un grand poids, dit l'évêque; mais rentrons dans la ville pour que vous puissiez m'instruire des moyens de tirer ces enfants des mains de leurs ravisseurs.

— Monseigneur, c'est pour cela que je suis venue ici.

— Alors j'augure bien de votre présence ici, » murmura Gozlin en reprenant le chemin du manoir épiscopal.

Plectrude le suivait avec étonnement; elle ne s'était jamais vue dans une ville comme Paris, qui était cependant bien petit en comparaison de celui d'aujourd'hui. Arrivé à l'évêché, Gozlin introduisit Plectrude dans un vaste appartement, et, après l'avoir fait asseoir et lui avoir fait donner quelque nourriture, il lui demanda avec instance ce qu'elle savait sur la disparition de Berthe et de Théodoric; car cette affaire, ainsi que nous l'avons dit, l'occupait en ce moment plus que la défense même de Paris, pour laquelle, d'ailleurs, il avait déjà pris de sages mesures.

« Voici, monseigneur, répondit la vieille Plectrude, ce que m'ont raconté les enfants eux-mêmes. A peine étiez-vous sorti du manoir de Nogent; les jeunes gens, qui vous avaient vu partir à regret, se promenaient sous les grands arbres du parc, lorsqu'un inconnu se présenta tout-à-coup à eux.

« La vue de cet homme avait quelque chose de bizarre. Son teint cuivré annonçait qu'il avait vu les lointains climats où le soleil darde ses plus brûlants rayons; un air de finesse et d'audace régnait sur ses traits et dans ses yeux noirs. Enfin, toute sa physionomie respirait l'intelligence et la perspicacité. Son costume consistait dans une casaque de peau de daim, serrée autour de la taille

5 K

par une ceinture ; des chausses rouges et collantes, terminées par des bottines de buffle, couvraient ses jambes nerveuses. C'est un homme d'environ quarante ans. Il se nomme Samuel, et je le connais pour un méchant homme. Il fait d'ailleurs partie d'une tribu de bohémiens, et s'accommode assez de tout ce qui sent le pillage et la rapine.

« Près de Samuel, il y avait sur le gazon un havresac ouvert, dont il avait tiré des objets propres à exciter la curiosité de jeunes enfants. C'étaient des boules d'airain, des anneaux du même métal, des cercles, des poignards mauresques à pointe émoussée, des bâtons de diverses longueurs ; en un mot, l'attirail ordinaire des jongleurs bohémiens.

« Voulant divertir le jeune damoisel et sa sœur par ses tours d'adresse, et sachant bien qu'ils serviraient ses desseins perfides, il commença par faire son annonce dans les termes suivants :

— Je sais, messeigneurs, plusieurs tours surprenants, dit-il en apprêtant ses instruments. J'arrive de Palestine, où mon art est enseigné par des maîtres habiles ; vous allez voir tout-à-l'heure comme j'ai profité de leurs leçons.

« Alors Samuel commença à donner aux deux jeunes gens des preuves non équivoques de son

adresse merveilleuse. Les tours les plus extraor-
dinaires se succédaient rapidement.

— Tenez, mes jeunes seigneurs, dit tout-à-
coup Samuel, en leur montrant une boule d'argent
de la grosseur d'une pomme, voici une boule
comme vous n'en avez jamais vu : elle ressemble
à la fortune ou au bonheur ; celui qui cherche à
l'atteindre fait souvent fausse route.... Cependant, il peut arriver qu'on la rejoigne.... C'est
pourquoi je la donnerai avec plaisir à celui de
vous qui arrivera aussitôt qu'elle au bois que
vous voyez là-bas, au bout de la prairie. Voulez-
vous essayer votre agilité?

— Jetez la boule, dirent en même temps le
jeune damoisel et sa sœur.

— Oh! il ne faut que la poser à terre, répondit Samuel; donnez-lui un peu d'avance, pour le
franc jeu. Tenez, maintenant, courez, mes jeunes
seigneurs, et arrêtez-la, si vous pouvez.

« Samuel posa en effet la boule d'argent sur le
gazon, lui donna l'impulsion en la poussant légèrement, et bientôt la boule sembla voler sur la
prairie, avec la rapidité d'une flèche. Les deux
enfants s'élancèrent à sa poursuite, suivis, mais
plus lentement, par le jongleur, qui les regardait courir, en souriant du succès de sa ruse....

Le jeune damoisel et sa sœur avaient disparu.

« Le complot de leur enlèvement avait été ourdi dans la tribu au milieu de laquelle j'avais été jetée. Les bohémiens, à l'aide de ce rapt, espéraient se concilier la protection des Normands, et en obtenir une bonne récompense.

« Sitôt que, par suite du stratagème du méchant Samuel, les deux enfants furent en la puissance des bohémiens, ceux-ci se démasquèrent, et se jetèrent sur eux pour les attacher avec des liens. Le jeune homme, irrité en voyant que ce n'était plus un jeu, se débattit comme un lion, et de sa dague blessa quelques-uns de ses agresseurs. Sa sœur, éplorée et tout échevelée, se jeta au milieu de cette scène de désolation, en s'écriant avec effroi :

— Arrêtez, par la croix du Christ, épargnez mon frère, et ne frappez que moi !

— Par la croix du Christ ! dirent ensemble quelques-uns des bohémiens ; pour qui nous prend cette jeune folle ? Est-ce que nous reconnaissons le Christ ? Que diable nous chante-t-elle ? D'ailleurs, est-ce que nous en voulons à la vie de personne ? Ils n'ont qu'à se laisser faire prisonniers de bonne grâce. Leur oncle est assez riche pour payer leur rançon.

« Tels étaient les propos de ces hommes voués au mépris de toutes les nations. Leur dessein était bien arrêté. Mais la Providence, qui vient toujours au secours des faibles, veillait encore en cette circonstance. Un jeune bohémien, que j'avais instruit des premières notions de la religion chrétienne, fut révolté de cet acte de trahison, et prit la résolution de protéger, autant qu'il le pourrait, les innocentes victimes de cet infâme guet-apens. En effet, jusqu'à ce jour, il est parvenu à empêcher que les deux enfants ne fussent livrés aux Normands, et fait une garde vigilante sur ses protégés.

— Et comment s'appelle ce généreux jeune homme? interrompit vivement l'évêque Gozlin.

— Monseigneur, il se nomme Raphaël, répondit la vieille; c'est une nature excellente, une âme affectueuse et dévouée; il m'a prise en affection et m'aime à l'égal de sa mère, qu'il a perdue. Il me donne quelquefois ce doux nom, par reconnaissance pour les soins que je lui ai donnés dans une maladie. Oh! monseigneur, vous verrez mon Raphaël, et vous l'aimerez.

— Je l'aime déjà de tout mon cœur, dit Gozlin avec sensibilité, et, demain, je compte bien faire sa connaissance.

— Soyez sans inquiétude, monseigneur, sur le sort des jeunes enfants qui vous intéressent. Avant de partir, Raphaël m'a juré sur la croix de mon chapelet qu'il se ferait tuer plutôt que de les livrer à d'autres mains, et Raphaël est homme à tenir son serment.

— A demain donc, Plectrude. Vous logerez ici ; on vous donnera tout ce dont vous aurez besoin. A demain. »

Par la croix du Christ, épargnez mon frère

CHAPITRE CINQUIÈME.

—

ATTAQUE NOCTURNE DES NORMANDS, QUI SONT VAILLAMMENT REPOUSSÉS.

Les Normands viennent attaquer Paris pendant la nuit. — Résistance des assiégés. — Le comte Eudes et l'évêque Gozlin. — Ce que fait l'évêque pour retrouver Berthe et Théodoric.

—

Mais la journée du lendemain devait être remplie par des soins encore plus pressants, plus impérieux. Le proverbe vulgaire : *L'homme propose et Dieu dispose*, devait être, ce jour-là, pleinement justifié, comme il arrive presque toujours.

Au milieu de la nuit, pendant que tous les postes étaient endormis, se confiant sur la vigilance de leurs sentinelles, tout-à-coup un bruit semblable à celui d'une trombe qui descend rapidement de la cîme des monts, vient réveiller les habitants de la Cité. Au même instant, tout le monde est debout. Les mères, les enfants, épars sur la place du Parvis, crient, pleurent, demandent la cause de ce bruit formidable. Les hommes courent aux armes, sans savoir quel est l'ennemi qu'ils vont avoir à combattre. Les ténèbres favorisent encore ce désordre. Chacun va et vient au hasard, demandant à son voisin ce qu'il faut faire. On eût dit que la ville n'était habitée que par des âmes en peine.

C'était la flotte des Normands qui, forte de sept cents grandes barques, venait de faire irruption dans les eaux de la Seine, et, remontant le cours de ce fleuve, arrivait sous les murailles de Paris. Elle menaçait d'assiéger les deux tours dont nous avons parlé. Celle qui s'élevait du côté du Palais était le premier objet de l'attaque des Normands, qui déjà, pour ne pas perdre de temps, y dressaient leurs échelles de siége et s'apprêtaient avec ardeur à combattre, comme des gens altérés de brigandage.

Cependant le comte de Paris, le brave Eudes, dont tous les historiens célèbrent la vaillance, la bonne mine et la dextérité aux armes, était en mesure de disputer sa ville aux barbares, et de force à lutter contre Sigefroy, leur général. Il n'avait pas eu besoin de convoquer ses guerriers ; ils étaient là tous autour de lui, n'attendant que le signal des batailles.

Les bourgeois de Paris rivalisaient d'ardeur avec leur comte, pour défendre leurs murailles. Les uns amassaient des pierres en quantité pour accabler les assaillants quand ils se présenteraient. Les autres préparaient de la chaux vive dans des chaudières, d'autres encore de la poix ou de l'huile bouillante pour verser sur l'ennemi quand il oserait escalader les échelles dressées contre les murailles.

Les Normands, accoutumés à procéder par des surprises, avaient cru profiter du sommeil des habitants de Paris, et prendre cette ville d'un coup de main. Mais ils avaient compté sans la vigilance de Gozlin et des autres défenseurs de la Cité. Tout était préparé pour les repousser.

L'évêque Gozlin surtout se faisait remarquer par une activité presque juvénile ; il était partout, encourageant les bourgeois par de dignes paroles, et leur donnant de sages et intrépides conseils.

Des flots de poix et d'huile bouillante, répandus sur les assiégeants, en renversaient un grand nombre des échelles dans les eaux du fleuve, et les faisaient passer d'un supplice dans un autre, qui mettait fin à leurs jours.

Sigefroy, plein d'ardeur, poussait incessamment ses troupes à l'assaut, et les voyait sans cesse abîmées, tant était vigoureuse la défense des assiégés. Cependant déjà la brèche est pratiquée du côté du Palais, malgré les généreux efforts du comte de Paris et de ses guerriers. Mais, instruit du danger, Gozlin envoie de ce côté le brave Gauvain, suivi de la milice bourgeoise, placée sous ses ordres. Ceux-ci massacrent, culbutent, écrasent tous les Normands, auxquels la brèche a laissé le passage libre, et qui dévoraient en espérance tous les trésors des couvents et monastères, objets constants de leur rapacité.

Il n'est pas aisé de décrire les hauts faits d'armes qui eurent lieu dans le tumulte de cette surprise nocturne. Mais Paris doit célébrer à jamais la vaillance héroïque de douze chevaliers qui étaient préposés à la garde de la tour du Petit-Châtelet, laquelle avait été malheureusement séparée de son pont par une crue subite d'eau qui en rompit une arche. Ces braves se trouvaient isolés de tout secours. Aussi, après des exploits presque incroyables, écrasés par le nombre des assiégeants, furent-ils tous massacrés.

Mais l'histoire, outre les noms de ces douze chevaliers, a conservé celui du brave Ervé. Sa beauté majestueuse avait touché les farouches Normands, qui étaient disposés à lui faire grâce de la vie; mais lui, dédaignant cette faveur, se rue au travers des ennemis, l'épée à la main, et, après en avoir tué plus d'une cinquantaine, tombe lui-même déchiqueté d'autant de blessures, et plus couvert du sang des ennemis que du sien même. Cette perte faillit porter le découragement dans l'âme des Parisiens, que le succès enflamme et aiguillonne toujours, mais que le moindre échec démoralise et rebute.

Mais un effort des assiégés, dirigé par ce même Robert Lefort que nous connaissons déjà, contraignit les Normands harassés à faire virer de bord leurs grandes barques, et à redescendre le cours de la Seine jusqu'à quelques-uns de ces forts qu'ils avaient élevés tout autour de Paris pour mieux l'investir. D'autres bandes, se voyant repoussées d'un lieu où elles espéraient faire un riche butin, se mirent à parcourir la France, mettant tout à feu et à sang sur leur passage.

Quand les barques normandes eurent toutes disparu, et qu'il n'en resta pas une seule sur tout le bassin de la Seine qui baigne Paris, le peuple,

réuni sur les murs et heureux de cette retraite
inespérée, poussait des acclamations en l'honneur
du brave comte de Paris.

« Vive Eudes ! vive Eudes ! criait-on de toutes
parts avec un vif enthousiasme.

— Vive aussi notre évêque ! vive Mgr Gozlin !
acclamait aussi le multitude pressée sur la place
du Parvis ; c'est lui qui a sauvé la ville et qui nous
a rendu le courage indispensable pour le combat.
Honneur à notre brave, à notre excellent évêque !
Puissions-nous le conserver longtemps pour pasteur ! »

Gozlin, entendant ces acclamations unanimes,
parut à la fenêtre du manoir épiscopal, et fit signe
qu'il voulait parler. Le silence se fit aussitôt et s'é-
tendit jusqu'au fond de la place.

« Chers Parisiens, dit-il, vous en qui j'aime
à voir tant de fidèles brebis, rendons grâces à
l'Eternel, qui nous a visiblement préservés des
morsures des loups. C'est lui, c'est son bras puissant qui se manifeste aujourd'hui visiblement dans
la dispersion totale des barques normandes. Re-
mercions-le, mes enfants, de ce qu'il a bien voulu
nous secourir et nous aider à repousser une attaque si inopinée et toute semblable à celle du
démon, ce vieil ennemi du genre humain.

« Félicitons-nous aussi, mes amis, d'avoir eu le courage et la force de faire bonne contenance devant l'ennemi, et de ne l'avoir pas laissé entrer dans nos murs comme autrefois. Chacun de nous a fait son devoir. Plusieurs l'ont fait au prix de leur vie. Prions pour le repos de leurs âmes, prions afin qu'ils puissent intercéder pour nous. Le vaillant Ervé et ses intrépides compagnons nous contemplent avec un juste orgueil du haut des cieux, leur nouvelle patrie. Ils obtiendront, sans doute, par leurs prières unies aux nôtres ; ils obtiendront, dis-je, que nous restions sains et saufs dans une cité que nous avons bâtie de nos mains, et que nous pouvons regarder comme notre berceau.

« En mémoire donc de ces hommes morts pour la défense commune, nous fondons des messes annuelles pour le repos de leurs âmes, et je n'ai pas besoin, mes amis, de vous prier de vous associer de corps et d'esprit à cette solennité funèbre célébrée en l'honneur de nos héros, des héros morts pour la patrie !

— Ainsi soit-il ! » répondit avec force la multitude.

Et puis recommencèrent d'un bout de la place à l'autre des acclamations unanimes.

« Vive Gozlin! vive notre excellent évêque ! Il sait défendre ses brebis contre les fureurs des loups! Que Dieu nous conserve longtemps notre bon évêque! »

Quand les acclamations de la reconnaissance eurent fait le tour de la place du Parvis, quand elles se furent éteintes pour ainsi dire dans un profond silence, le vertueux évêque reprit la parole :

« Mes amis, mes enfants, il ne suffit pas au pasteur d'assurer à ses brebis la vie, il faut aussi qu'il leur donne la nourriture. Beaucoup d'entre vous manquent du nécessaire ; ils n'ont pu gagner leur pain quotidien, puisqu'ils ont dû repousser les Normands. J'ai, dans mes greniers, quelques réserves que je vais faire distribuer aux plus nécessiteux. Ainsi, venez à mon manoir, vous y recevrez, à titre de don, une ration de grain, proportionnée à vos besoins et à ceux de vos familles. C'est un bonheur pour moi que de pouvoir vous l'offrir. »

De nouvelles acclamations, plus accentuées encore que les premières, répondirent aux paroles de l'évêque.

Quant à celui-ci, il était touché profondément de ces témoignages de joie et de reconnaissance ;

mais, au milieu même des agitations et des combats de la nuit, il n'avait pu perdre de vue que Berthe et Théodoric étaient au pouvoir d'une tribu connue pour sa félonie et sa duplicité, et qu'ils n'avaient pour défenseur qu'un seul être vivant, qui n'était ni chrétien, ni bohémien, par conséquent très-exposé à faillir. Raphaël, d'ailleurs, pouvait se laisser gagner par les promesses des Normands alléchés par l'espérance d'une riche rançon. Il pouvait y avoir du danger à le laisser trop longtemps l'arbitre de sa propre volonté. Un esprit ignorant, tout-à-fait inculte, devait être facile à tourner. Les Normands, au point de vue de l'or, avaient un grand intérêt à s'emparer de deux jeunes gens issus du sang royal; ils étaient également intéressés à les faire disparaître; tout était donc à craindre de ce côté-là.

Gozlin fit appeler Robert Lefort. Il voulait encore avoir recours à lui pour rejoindre Berthe et Théodoric, qu'il lui tardait de revoir.

Robert Lefort se fit longtemps attendre ; il parut enfin. Il avait un bras en écharpe et paraissait souffrir beaucoup.

« Ah! te voilà, Robert, dit Gozlin avec bonté ; j'allais me plaindre de ta lenteur ; mais, en te voyant, je n'en ai pas le courage.

— Dame! monseigneur, répondit Lefort en montrant son bras blessé, je n'avais pas encore recueilli personnellement les fruits de la guerre; mais maintenant j'ai mon affaire. J'ai reçu une estafilade qui me fait beaucoup souffrir, au point que j'en ai perdu connaissance deux fois dans la matinée.

— Mon pauvre garçon, reprit l'évêque avec un air de compassion, oui, tu dois bien souffrir; tes traits fatigués l'annoncent; aussi je voulais t'employer pour une commission.... tu sais? et je vais tâcher de la confier à un autre.

— Pourquoi, monseigneur? Je suis tout à votre service, quoique mon bras soit hors de service; car je crains bien qu'on ne soit obligé de le couper.

— Ne crains pas cela, mon ami, dit l'évêque; il paraît que, quand l'artère n'est pas endommagée, le membre est sauf; et je vois, au mouvement de tes doigts, que l'artère n'a rien eu.

— A la volonté de Dieu, dit Robert en se redressant fièrement. Dans tous les cas, il me reste encore un bras, qui prouvera, je l'espère, aux Normands, que les Parisiens ne tapent pas de main-morte.

— Ils l'ont éprouvé aujourd'hui, reprit l'évêque,

et ils auront lieu de se souvenir de leur attaque de nuit. Alors, mon brave, je puis donc compter sur toi ?

— Toujours, monseigneur.

— Oui, c'est entendu, reprit Gozlin ; mais qui conduira la barque ? Je ne veux pas que tu aies ce soin. C'est bien assez, c'est même trop de t'emmener ainsi tout souffrant, tandis que tu serais si bien dans ton lit.

— Ah ! monseigneur, je vous en prie, ne vous inquiétez pas de cela. Nous aurons quelqu'un qui ramera.

— Et ce quelqu'un, est-ce une personne sûre ?

— Je le crois bien, monseigneur ; c'est Henri Mâchefer, habile homme, croyez-le bien.

— Je le crois ; mais est-il solide ?

— Solide ! Vous n'en douteriez pas si vous l'aviez vu à l'œuvre. Il ne paie pas de mine, voyez-vous ; il est mince comme un jeune homme qu'il est ; mais il tape dur, quand il se met à taper : vous croiriez qu'il tape sur une enclume ; il a des nerfs d'acier, et quand il vous saisit dans ses doigts, vous croiriez être en prison dans les mâchoires d'une tenaille. Oh ! c'est un rude gars que mon cousin Henri ; mais il est bon comme le bon pain ; seulement, il ne souffre pas impunément qu'on lui marche sur le pied. En un mot, c'est un gaillard bien digne de servir monseigneur, soit qu'il s'agisse des Normands, soit qu'il s'agisse des bohémiens. Vous le verrez, je vous l'amènerai ce soir, tout prêt à partir.

— Je le veux bien, dit Gozlin ; mais je voudrais que d'ici là tu allasses prendre quelques heures de repos dont tu as besoin, après la pénible nuit et la rude matinée que nous venons de passer.

— Je vous obéirai, monseigneur, et j'ajoute avec plaisir. La nature ne veut rien perdre de ses droits. Mon cousin Henri n'en sera pas fâché non plus ; car il doit être fatigué. C'est lui qui dirigeait les engins qui fracassaient les machines sur lesquelles les assiégeants fondaient leur espoir pour pénétrer dans la ville.

— Oui, mon garçon, laisse reposer ton cousin, dit l'évêque, pour que nous l'ayons frais et dispos.

— Mais, monseigneur, il faut que j'aille le prévenir, pour qu'il vienne ici à l'heure convenue, et qu'il ne s'engage dans aucune partie ; car je pourrais bien le trouver à jouer ou à boire, peut-être même à tous les deux ; c'est pourquoi je voudrais bien l'envoyer faire un somme.

— Tu ne me disais point, Robert, que ton cousin aime quelque peu la bouteille ; c'est un grand défaut, cela ; imagines-tu cependant qu'on puisse compter sur lui ?

— Comme sur moi, monseigneur ; c'est une de ces natures revêches au premier abord, mais dont on fait tout ce qu'on veut avec de la douceur.

— Tu me réponds donc de lui ?

— Oui, monseigneur ; d'ailleurs, je serai là pour le rappeler à l'ordre.

— Eh bien ! nous nous reverrons ce soir. Adieu. »

CHAPITRE SIXIÈME.

—

SCÈNES DIVERSES. — HÉROIQUE DÉVOUEMENT DE L'ÉVÊQUE GOZLIN.

Raphaël et Samuel. — On découvre la prison des captifs. — Combat ; capture de Samuel. — Vengeance qu'il tire sur Raphaël. — L'évêque Gozlin suce la blessure empoisonnée de Raphaël.

—

A l'heure dite, Robert Lefort, accompagné de Henri Mâchefer, était à la porte du manoir de l'évêque. Ce Henri Mâchefer était petit, bossu et louche ; mais ses larges épaules, ses mains nerveuses et velues, ses jambes cagneuses et fortes annonçaient une vigueur peu commune. Il portait sur l'épaule droite une rame qui lui semblait aussi légère qu'une plume. On se sentait une invincible envie de rire quand on regardait cette singu--

lière forme humaine. Mais, dans de semblables circonstances, Henri Mâchefer avait bientôt donné aux rieurs l'envie de changer de rôle. Du reste, il était assez bon garçon, et ne frappait jamais son homme une fois couché par terre.

Robert Lefort présenta son cousin à l'évêque, qui, malgré ses grandes préoccupations, malgré le sérieux de son caractère, ne put s'empêcher de sourire en envisageant cet homme. Fort heureusement que Henri Mâchefer ne s'en aperçut pas; car, malgré la présence de son cousin, il aurait refusé net d'aller plus loin.

Gozlin se dirigea vers le port, accompagné de Plectrude, de Robert et de son cousin, qui prit possession de la barque, comme s'il en eût été le maître. Quand tout le monde se fut placé dans la barque, Henri Mâchefer la mit en mouvement d'un vigoureux coup d'aviron, et l'on remonta le courant de la Seine, jusqu'à l'endroit, peu éloigné de Paris, où la Marne vient mêler ses eaux à celles du fleuve. On remonta alors les eaux de la Marne, en admirant les sites riants qu'elle offre sur ses bords.

Au bout de deux heures d'une navigation difficile, à cause des gouffres que cette rivière recèle dans son lit, le manoir de Nogent s'offrit aux regards de nos voyageurs.

« C'est ici qu'il convient de nous arrêter, dit Gozlin d'un ton d'autorité. Nous battrons ensuite le pays, si cela devient nécessaire. Plectrude, vous serez notre guide; vous savez où vous avez laissé nos enfants. Je me fie à vous du soin de les retrouver.

— Oui, monseigneur, je sais où je les ai laissés hier; mais aujourd'hui....

— Comment! aujourd'hui? reprit Gozlin; quoi que vous nous en ayez dit, est-ce que vous ne seriez pas sûre de Raphaël, à qui vous en aviez confié la garde?

— Plus sûre que de moi-même; car il est fort, et je ne le suis pas. Hélas! je ne suis qu'une pauvre femme, même étrangère à cette tribu nomade où le Ciel m'a jetée.

— Eh bien! dit Gozlin, que craignez-vous alors? Raphaël ne vous semblerait-il pas un bon défenseur?

— Si, si, monseigneur; mais que peuvent contre le nombre la force, la prudence, le dévoûment? Les autres bohémiens ne pensent pas tous comme Raphaël. Ne peuvent-ils pas l'avoir attaqué? Qu'aurait-il pu faire contre toute une population âpre au gain et furieuse de se voir enlever une proie dont on peut tirer une riche rançon?

— Nous allons voir, dit l'évêque ; chère Plectrude, avançons. »

Plectrude conduisit les voyageurs. Elle s'arrêta
en tremblant devant une cabane qui paraissait
abandonnée.

« C'est là, dit-elle, que j'ai laissé les enfants
que vous cherchez.

— As-tu des armes, Robert Lefort ?

— Non ; mais j'ai ici mon cousin Henri Mâchefer, qui saura bien nous en tenir lieu.

— Oui, dit Henri ; avec mon aviron que voilà, je
ne craindrais pas trente Normands.

— Oui, dit Plectrude ; mais vous pourriez ne pas
autant briller contre de rusés bohémiens, et c'est à
des bohémiens que vous allez avoir affaire.

— Nous verrons bien, dit Mâchefer en faisant
une grimace diabolique.

— Robert, dit l'évêque, fais-moi le plaisir d'aller au manoir. Tu y trouveras quelques hommes
de renfort, Raimbaud entre autres ; amène-les. Ils
nous serviront toujours à faire nombre. En attendant, nous commencerons nos recherches. »

Robert Lefort partit aussitôt pour le manoir
royal, qui n'était éloigné que d'un jet d'arc, et le
prélat, frappant à la porte de la cabane, ne reçut
pas d'abord de réponse.

« Il doit pourtant y avoir quelqu'un là-dedans,
dit Plectrude; car j'y avais laissé Raphaël avec les
enfants.

— Approchez, Henri Mâchefer, dit l'évêque;
votre épaule saura bien enfoncer cette porte.

— Sans doute, monseigneur, et cela va être
bientôt fait. »

En même temps, Henri, approchant sa large
épaule de la porte de la cabane, d'une secousse
vigoureuse fit sauter pênes et verroux, qui tom-
bèrent aussitôt. La porte ouverte laissa voir alors
un homme couché dans le fond de la cabane, et
dont les mains étaient étroitement attachées par un
lien solide.

« Dieu! c'est Raphaël, s'écria Plectrude avec
effroi; mes craintes se sont réalisées. »

Raphaël était un jeune homme paraissant à
peine sorti de l'adolescence, d'une taille bien
prise, mais peu élevée, d'une constitution frêle,
d'une figure belle et régulière, mais où se peignait,
avec une expression de souffrance et de noble
hardiesse à la fois, toute la finesse native de la
race bohémienne. Son épaisse chevelure, d'un noir
d'ébène, surmontée d'un léger bonnet phrygien,
sous lequel des boucles abondantes s'échappaient
de toutes parts; l'ovale parfait de sa figure, ses

grands yeux noirs singulièrement expressifs, son nez purement dessiné, mais quelque peu recourbé comme un bec d'aigle; et sa bouche aux lèvres bordées d'une légère moustache, laissant apercevoir une double rangée de dents blanches comme l'ivoire; tout cela, joint à la teinte fortement olivâtre de son teint, donnait à tout son air, en même temps qu'un remarquable caractère de beauté presque sauvage, un cachet d'intelligence et d'exaltatio qui frappait tout d'abord.

Le costume de Raphaël était aussi étrange que sa personne; c'était l'assemblage le plus disparate de misère et d'élégance, de bonne grâce et de bizarrerie; sa taille était serrée dans une espèce de corset d'étoffe bleue, jadis éclatante, maintenant plus que passée, et relevée d'oripeaux plus ternes que brillants; un haut-de-chausses écarlate, d'une solidité douteuse, pressant et dessinant ses formes, descendait jusque vers le bas des jambes, resté nu, et de légères sandales défendaient seules ses pieds contre l'atteinte des pierres tranchantes ou l'humidité du sol.

Une veste arménienne, qui avait dû être d'une certaine richesse, mais qui accusait une grande ancienneté, complétait, jetée avec quelque grâce sur ses épaules, un costume essentiellement convenable pour un pays chaud, mais peu en harmonie avec le climat si changeant de la France.

Après le premier moment d'étonnement et d'examen donné à cette apparition singulière, Gozlin, vivement impressionné par l'heureuse physionomie de Raphaël et par ce que lui en avait dit la bonne Plectrude, voulut l'interroger lui-même.

Il lui demanda d'abord des nouvelles de Berthe et de Théodoric, qui avaient été confiés à sa garde.

« Demandez-en, répondit vivement Raphaël, demandez-en aux brigands de ma tribu, qui veulent les vendre aux Normands. Le crime n'a pas eu encore le temps d'être consommé. Il est temps encore... Ils m'ont lié à force de bras et enfermé seul dans cette cabane, les misérables !

— Pourquoi es-tu venu t'établir dans ces parages ? lui dit Gozlin avec quelque sévérité.

— L'habitant des forêts, répondit Raphaël avec une sorte d'insouciance dédaigneuse, n'a pas besoin de motif pour errer dans les bois ; c'est sa demeure comme à d'autres les villes, comme à d'autres encore les champs ou les montagnes ; et quand il repose ou s'agite sous le dôme des arbres, c'est plutôt à eux, ce me semble, à dire ce qu'ils viennent faire ou chercher dans sa retraite, que ce n'est à lui à rendre compte de ses motifs de course ou de repos.

— Mais tu n'es ni citoyen de ces forêts, ni originaire de ces contrées : tout en toi dénote l'étranger, la naissance lointaine. Quelle est ta race? quels sont tes parents et ta patrie?

— Ma race? répondit le jeune homme avec quelque fierté; si elle avait l'orgueil des autres, elle pourrait se dire la plus noble de toutes ; car elle ne relève que d'elle-même et n'obéit à personne. Ma patrie? Celle que le sort m'a donnée renie ses enfants, et ils ont dû s'en faire une qui ne leur manquera jamais; car ils la trouveront partout. Mes parents? Je ne sache pas qu'un homme en puisse connaître d'autre que sa mère, et la mienne, dont je vénère, dont je vénérerai toujours la mémoire, n'avait pas besoin d'une vaniteuse généalogie pour être la meilleure et la plus secourable des femmes. J'en appelle au témoignage de ma bonne Plectrude, qui l'a remplacée dans mes affections. »

Gozlin était ému de tant de fierté d'âme unie à une telle sensibilité. Il s'approcha de Raphaël avec confiance, et lui dit :

« Désormais, tu es libre, et dusses-tu abuser de cette liberté, je ne veux pas que la générosité des tiens dépasse la mienne, ni qu'un enfant privé de sa pauvre mère puisse me reprocher d'avoir empoisonné son sort.

— Si c'est par orgueil que vous parlez ainsi, répondit Raphaël, votre procédé me touche peu ; si c'est par bonté, par noblesse de cœur, j'y dois être sensible. J'aime mieux le croire ainsi ; car il me semble que vous méritez d'être jugé meilleur que bien d'autres. Agréez donc mes actions de grâces. Quant à l'abus que vous paraissez craindre de la liberté que vous me donnez, ce que vous venez de faire à mon égard vous doit délivrer de cette crainte. La trahison est permise, peut-être, contre un ennemi ; mais à l'ami, à celui qui nous protége avec un cœur sincère, notre dévoûment, notre vie lui appartiennent à toujours : ainsi l'enseignent nos lois ; ainsi, je vous l'assure, quant à moi, et peut-être, ajouta-t-il avec une émotion visible, en regardant Plectrude, peut-être n'avais-je pas besoin de ce nouveau motif pour désirer de vous pouvoir rendre un bon office. La femme vénérable qui vous accompagne et qui sait bien pourquoi je la chéris comme une seconde mère, comprend très-bien le sens de mes paroles, et je n'ai pas besoin d'en ajouter davantage.

— Cher Raphaël ! s'écria Plectrude en lui tendant la main, qu'il prit avec une affection presque filiale.

— Et quelle cause, jeune homme, reprit Gozlin, a donc pu me valoir de ta part cette disposition favorable, qui me touche autant qu'elle me flatte?

— Celui qui sait souffrir avec courage, reprit Raphaël; celui qui, dans la douleur, comme dans l'infortune, ne laisse échapper ni lâche plainte, ni soupirs indignes d'un homme; celui dont le cœur sait comprendre le bienfait qu'il reçoit, celui-là doit être assuré de trouver sympathie constante dans l'âme des pharaoni *; car, nés dans l'adversité, vivant dans la souffrance et l'abjection, la vertu, pour eux, c'est la force qui sait supporter le malheur, c'est l'indulgence, la charité envers ceux que poursuit l'injuste mépris des hommes. En vous voyant donc donner, avec tant de preuves de vrai courage dans le danger, des gages si réels de fermeté dans la douleur, je me suis senti entraîné vers vous par un penchant secret. La bonne Plectrude, d'ailleurs, marche à tes côtés....

---

* Nom dont se parait la nombreuse tribu des bohémiens et des égyptiens.

— Dis plutôt, Raphaël, que j'ai retrouvé mon protecteur, mon père en la foi chrétienne.

— Je n'ai plus hésité dans le bien, reprit Raphaël ; il fallait d'ailleurs empêcher un crime. Je suis bien décidé. C'est l'odieux Samuel qui tient en son pouvoir les jeunes princes qu'on recherche. Cet homme pervers s'est fait un parti parmi ceux de notre nation. C'est lui qui m'a chargé de liens ; c'est lui qui a emmené avec lui les deux jeunes gens, qu'il compte livrer aux Normands pour une forte somme. Mais il ne doit pas être encore bien loin d'ici ; il est peut-être resté dans quelqu'une de ces maisons. C'est ce dont il faut s'assurer sur l'heure.

— Bon jeune homme, dit Gozlin, de plus en plus touché de cette générosité naïve dans un être qui semblait, au premier abord, si peu susceptible d'une telle délicatesse de sentiments, crois que je sens, comme je le dois ; ce qu'il y a de noble et d'élevé dans ta conduite... J'hésite cependant à accepter ce dévoûment, qui te peut compromettre. Ne t'exposes-tu pas à l'animadversion des tiens, et ne crains-tu pas qu'ils ne tirent vengeance de ton zèle à te mêler de l'affaire d'autrui ?

— Le pharaone, répondit Raphaël avec fierté,

ne reconnaît qu'un maître et qu'un juge. C'est lui-même, après Dieu. Ses décisions, comme ses actes, n'appartiennent qu'à lui seul. Si ses frères le blâment, peu lui importe quand sa conscience l'avoue; s'ils sont injustes, il les quitte, certain de trouver toujours une tribu qui l'accueille, après la tribu qui le repousse... Mais, c'est assez discourir; le moment de l'action est arrivé. Il est bon qu'elle se passe au grand jour, et en présence de témoins.

— Un de mes hommes, dit l'évêque, va ramener du renfort du manoir de Nogent; je n'attends plus que son retour.

— Ce renfort ne sera pas inutile, reprit Raphaël; car je connais l'humeur de quelques mauvais sujets de la tribu, qui sont dévoués corps et âme à Samuel. Je suis sûr que nous serons forcés d'en coucher quelques-uns sur le carreau.... Mais voici du monde qui nous arrive. »

C'étaient Raimbaud et quelques hommes du manoir, armés de fourches, de bêches et de tout ce qu'ils avaient pu trouver.

Raimbaud, honoré de la confiance de Gozlin, alla prendre ses instructions en arrivant. Il devait former une sorte d'arrière-garde et veiller à ce que personne n'échappât. Henri Mâchefer, toujours armé de son redoutable aviron, marchait après Raphaël, qui guidait les recherches. L'évêque, la vieille Plectrude et Robert Lefort formaient la seconde ligne.

Raphaël passa devant plusieurs cabanes qui servaient de gîte à de paisibles habitants du pays; il ne s'y arrêta pas, et marcha en avant.

« Ce doit être ici, dit-il, le repaire de Samuel; on entend, à l'intérieur, une vive altercation. Cernons-les bien dans leur terrier. Je ne crains que ce démon de Samuel : il est fort, agile et rusé; il pourrait bien nous glisser entre les mains. Camarade, enfoncez la porte hardiment, et sans autre préambule, » dit-il à Henri Mâchefer.

Celui-ci ne se le fit pas dire deux fois et, d'un coup vigoureux de son aviron, il fit sauter porte et serrure. Évidemment, les bohémiens avaient été surpris. On délibérait en ce moment pour savoir si les prisonniers devaient être gardés dans le pays, ou conduits en lieu plus caché, en attendant l'heure de les remettre aux mains des Normands.

L'arrivée de Gozlin et de sa suite suspendit tout naturellement la délibération, et Samuel, se voyant pris, asséna un violent coup de poing sur la table qui était devant lui, en disant :

« Allons, mes braves, il ne nous reste plus maintenant qu'à jouer des couteaux. En avant et courage ! je ne vois là qu'un pelé et deux tondus. »

Mais, en apercevant Raphaël, qui venait droit à lui, il pâlit, ses traits se contractèrent, et, tirant sa lame de sa poche, on la vit briller dans sa main.

« Rends-nous les enfants que tu retiens prisonniers, dit Raphaël d'une voix tonnante, et nous te laisserons libre.

— Vil renégat, oses-tu bien ainsi trahir tes frères ? Vengeance ! vengeance, mes amis ! frappons le traître !

— En attendant, si tu bouges, si tu fais un mouvement pour frapper, cria Henri Mâchefer, je t'écrase sur le mur comme une limace. » Et il accompagnait ses paroles du brandissement de sa redoutable rame, qu'il manœuvrait au-dessus de sa tête.

Ce geste éloquent tint en arrêt Samuel, malgré toute son envie de jouer des couteaux, comme il disait.

« Mon oncle ! mon oncle ! » s'écrièrent deux jeunes voix en même temps. C'étaient Théodoric et Berthe, qu'on avait renfermés dans un cabinet contigu à la chambre.

« Mes enfants, dit l'oncle Gozlin, en ouvrant

7 K

le cabinet; ce n'est pas le moment de vous reprocher votre désobéissance; vous l'avez, ce me semble, payée assez cher.... Enfin, je vous retrouve sains et saufs; j'en rends grâces à Dieu, et vais vous emmener à Paris avec moi.

— Doucement, doucement! dit Samuel; vous arrangez les choses comme le feraient des hommes sûrs de la victoire; mais il ne sera pas dit que nous nous serons donné tant de soucis, tant de peines, à votre seul profit. Nous demandons un dédommagement, et nous saurons bien nous le faire donner, ou bien nous garderons nos prisonniers. »

En prononçant ces paroles avec colère, il lança son couteau violemment, et l'arme, dirigée contre Raphaël, vint se ficher dans l'aviron de Henri Mâchefer. On ne reconnaissait plus là l'adresse habituelle de Samuel. La colère avait fait dévier la lame du corps de celui à qui elle était adressée.

« A nous deux, maintenant! tonna Henri Mâchefer; encore une fois, rends-toi, ou nous allons te prendre mort ou vif, et t'attacher comme un veau. »

Samuel veut opposer de la résistance; l'aviron de Henri Mâchefer le cloue sur la terre, tout étourdi du coup.

« Vite, des cordes ! crie Mâchefer ; assurons-nous de ce coquin-là. Je vous le livre, camarade, » dit-il à Raphaël.

Celui-ci l'attache fortement, et le remet dans les mains de Raimbaud, en lui faisant de pressantes recommandations. Raimbaud emmène le prisonnier avec répugnance, connaissant l'adresse merveilleuse de ce bandit. Enfin, il l'emmène au manoir.

« Nous nous reverrons quelque jour, double traître ; je t'apprendrai ce qu'il en coûte pour trahir ses frères, dit Samuel à Raphaël, en lui lançant des regards pleins de haine et de vengeance.

— A la volonté de Dieu ! dit Raphaël, et trêve de bravades ! Lui seul est le maître de toutes nos actions.

— Dieu ! Dieu ! toujours Dieu ! Il n'a plus que ce mot à la bouche ! reprit Samuel en s'éloignant entraîné par les hommes de Raimbaud.

— Oui, Dieu, misérable ! il est notre maître à tous, et nous lui devons tous foi et hommage. »

Après l'arrestation de Samuel, tous ses complices se dispersèrent comme un troupeau de moutons sans chien, qui se trouve en face du loup.

« Mon oncle, dit Berthe, s'adressant à Gozlin, grâce à vous, nous sommes hors des mains de ces vilains bohémiens qui s'apprêtaient à trafiquer de nos personnes. Nous allions être livrés, quand vous avez paru. Il n'était que temps.... Mais mon pauvre frère a voulu faire résistance; vous le connaissez, il est violent et emporté; il a voulu faire ici un apprentissage dont il aura sans doute besoin contre les Normands. Il a été légèrement blessé à la main, en cherchant à écarter une dague qui allait le frapper.

— Théodoric est blessé! s'écria Gozlin avec effroi; qu'on visite aussitôt sa blessure, et qu'on la panse. »

Aussitôt Raphaël se précipite avec empressement vers le jeune Théodoric, et lui prend le bras avec une attentive affection. Il a appris dans ses voyages à connaître des simples dont la vertu est merveilleuse pour la guérison des blessures. Il regarde la plaie, la considère, la lave avec une infusion de simples, qu'il vient de faire, pour s'assurer qu'il n'y a point de lésion grave, et bande la blessure en homme qui s'y connaît, après avoir posé dessus le remède habituel aux gens de la Bohême.

« La blessure a plus de profondeur que de surface, dit-il; elle a été faite par une main ennemie, par une main qui cherchait à donner la mort. Mais cette main-là s'est trompée, ajouta-t-il en souriant, et fort heureusement pour le jeune seigneur.

— Mes amis, dit Gozlin, nous allons rentrer dans notre barque pour retourner à Paris. Je vous revois, Berthe et Théodoric, je suis content. Maintenant, je dois être tout entier aux soins que réclame la chose publique. Les Normands pourraient se raviser après le premier étonnement de leur défaite; ils pourraient revenir sur nous; il ne faut pas que leur attaque puisse être encore une surprise nocturne comme celle d'hier.

— Oh! ils ne n'y refrotteront pas, monseigneur, dit Henri Mâchefer; ils ont perdu beaucoup des leurs, et parmi ceux qui restent il y en a aussi un grand nombre qui ont lieu de s'en souvenir.

— Je crois bien, dit l'évêque; il paraît que vous, Henri Mâchefer surtout, vous frappiez sur eux comme un sourd. C'est bien cela, mon ami.

— Dame! monseigneur, le bon Dieu m'a fait don de bonnes épaules et de bras qui ont quelque poids, et je m'en sers avec reconnaissance. »

Henri Mâchefer prit ses rames pour redescendre la Marne; ce qui était plus facile que de la remonter; Gozlin avec Théodoric et Berthe, avec Plectrude, Lefort et Raphaël, entra dans la barque et donna le signal du départ.

« A propos, monseigneur, dit Raphaël, est-ce que vous laisseriez Samuel à la garde de Raimbaud? Il me semble que l'on ferait bien de le conduire dans une prison de Paris.

— Pourquoi cela? dit l'évêque.

— Parce que Samuel est si rusé, si habile, que je vous promets qu'il saura facilement s'évader des mains des gens du manoir.

— Tu dis cela, jeune homme, dit Gozlin, parce que tu redoutes la vengeance de cet homme. Mais sois tranquille : on veille sur lui, et il serait bien malin s'il parvenait à rompre ses liens et à ouvrir les serrures.

— Je le connais assez malin pour sortir des prisons mêmes du Petit-Châtelet. Je l'ai vu s'échapper, en Italie, d'une prison qui semblait inabordable. C'est un démon !

— Mais comment fait-il donc? Il faut avoir pour cela des intelligences au-dedans et au-dehors.

— Aussi en aura-t-il bientôt. D'abord, ceux de ses amis que vous avez dispersés seront bientôt réunis et travailleront à sa délivrance. Quant à sa vengeance, je ne la crains pas; je redoute seulement ses piéges et ses guet-apens. Aussi me tiendrai-je en garde contre tous ses mauvais tours.

— Que ne m'as-tu prévenu de cela plus tôt! dit Gozlin. Je l'aurais fait enfermer au centre de la terre, et nous serions aujourd'hui bien tranquilles.

— Cette précaution n'eût pas été inutile, reprit Raphaël; les méchants sont toujours à craindre, et je vous donne celui-là pour un esprit satanique, qui vient presque toujours à bout de ses entreprises.

— Il faut espérer, dit Plectrude, que nos craintes n'auront pas le moindre fondement. Par bonheur, mon Raphaël ne le craint ni pour la force, ni pour l'adresse. »

Pendant ce colloque, la barque, retenue par les puissantes mains de Henri Mâchefer, qui évitait attentivement les tourbillons dont la Marne est remplie, descendait doucement vers les eaux de la Seine. L'évêque, fatigué par son âge autant que par les scènes de la journée, commençait à sommeiller. Les deux enfants se félicitaient d'avoir échappé au danger d'être vendus aux Normands. Tout-à-coup on entend le sifflement d'une flèche, qui vient frapper Raphaël en pleine poitrine.

« C'est lui, je l'avais bien dit; c'est Samuel, s'écrie Raphaël en tombant à la renverse.

— Où est ce brigand ? dit Henri Mâchefer. Ah ! que je me repens de ne pas lui avoir écrasé le crâne sous mon aviron !

— Tenez, regardez, le voilà qui fuit à toutes jambes entre ces rochers, » dit Plectrude éperdue.

Raphaël, s'étant senti percé par la flèche, tomba un moment sans connaissance ; mais, revenant bientôt à lui, et suivant l'énergique impulsion de son caractère, il arracha violemment la flèche de sa blessure, et retomba évanoui. Chacun s'empressait autour de lui dans la barque, cherchant à lui porter secours autant que le lieu assez étroit le permettait.

« Le misérable ! il a tenu la promesse de la vengeance, dit Raphaël en se retournant ; je sens, au feu qui me brûle, que ma blessure est empoisonnée, et qu'il faut mourir.

— Non, Raphaël, tu vivras, dit l'évêque : je vais sucer ta plaie ; alors plus de poison à redouter.

— Pour moi ; mais pour vous, monseigneur ? Cette opération offre bien des dangers pour la personne capable d'un tel dévoûment. Non, non, je m'y oppose, je veux mourir seul.

— Je le veux, dit Gozlin avec chaleur ; allons, ne perdons pas de temps ; nous n'avons que trop tardé déjà. Ne crains rien ; mon âge, mon expérience des choses de la vie me disent que la sucion est sans danger pour moi. »

Alors le digne prélat, le digne apôtre de Jésus-Christ, appliquant ses lèvres sur la blessure, aspira fortement, sans l'avaler, le poison qu'elle contenait, et rejeta le tout de sa bouche ensanglantée. Puis il prit un peu d'eau mêlée avec du vinaigre et se gargarisa avec soin.

« Ah! je suis bien soulagé, monseigneur, dit Raphaël à l'évêque ; vous me sauvez la vie, comme bientôt vous ferez le salut de mon âme. »

Toutes les personnes présentes contemplaient avec admiration cet acte d'héroïque dévoûment et étaient frappées de vénération pour l'auguste vieillard qui avait une si grande charité.

« Mon père, dit Raphaël, il n'y a que votre Dieu qui puisse inspirer un tel sacrifice. Je veux que votre Dieu soit aussi le mien, et demain même, si vous y consentez, je serai chrétien. Je le suis déjà par les sentiments que j'éprouve. Pendant l'opération que vous venez de faire, j'ai prié mentalement la bonne sainte Vierge de venir à mon aide, et j'ai senti aussitôt entrer dans mon cœur l'espérance, le premier des biens.

— Mon enfant, repose-toi, dit Gozlin avec bonté ; oui, demain, tu seras satisfait. »

Plectrude ne pouvait revenir de la stupéfaction où l'avaient plongée tant d'événements admirables.

« Mon Raphaël, disait-elle, faites ce que veut Mgr l'évêque ; reposez-vous aujourd'hui, et demain....

— Oui, demain, Plectrude, je serai chrétien. Mgr l'évêque me l'a promis. Il veut bien être deux fois mon sauveur. Que d'obligations je lui aurai ! Je me sens beaucoup mieux depuis un moment. Je respire avec facilité et sans la moindre douleur. Donc ma blessure n'a rien en elle-même de fort dangereux, et ce n'était que le poison qui m'inquiétait.

— Il ne faut plus penser maintenant qu'à te rétablir, mon cher Raphaël, dit l'évêque ; ensuite nous parlerons de cela tout à notre aise. Mais j'ordonne qu'on garde ici le silence. »

Raphaël, pendant ce temps-là, pressait avec affection les vieilles mains de Plectrude ; il baisait l'habit du vertueux évêque, il adressait des regards pleins de joie et de reconnaissance à toutes les personnes de la barque, et appelait, par sa pantomime expressive, l'attention de Théodoric et de Berthe sur l'héroïsme de leur oncle.

Théodoric et Berthe, qui se trouvaient être la cause involontaire de tout ce qui se passait, considéraient avec émotion le vénérable prélat, auteur d'un aussi bel acte de dévoûment.

« Cher oncle, disait Berthe avec une ineffable douceur, ce jeune homme, qui a sauvé notre vie, vous devra tout si vous en faites un chrétien.

— Je jure de le venger, dit Théodoric; c'est une indignité flagrante que de se servir de flèches empoisonnées! Je vengerai Raphaël.

— Non, cher Théodoric, vous ne me vengerez pas, dit Raphaël; la vengeance est un sentiment indigne d'un chrétien, ainsi que je l'ai appris de ma chère Plectrude.

— Raphaël a raison, mon cher neveu, dit Gozlin, et nous ferons bien de continuer notre route. Nous trouverons à Paris tout ce qu'il faut pour poser le premier appareil sur la blessure. Allons, Henri Mâchefer, conduisez-nous de toute la vitesse de vos rames. »

Mâchefer ne se le fit pas répéter; en un instant il franchit la distance qui le séparait de la Seine, et vogua vers les murailles de l'antique cité.

CHAPITRE SEPTIÈME.

SIÉGE DE PARIS. — GUERRE, FAMINE, PESTE.

Convalescence de Raphaël. — Opérations du siége. — Courage de trois héros de Paris. — Retraite de Sigefroy, chef des Normands. — Théodoric et Raphaël vont combattre sur les remparts. — Baptême de Raphaël.

—

La nouvelle du courageux dévoûment de l'évêque se répandit aussitôt dans toute la cité, et n'y étonna personne, après toutes les autres preuves de courage héroïque que le digne Gozlin avait déjà données.

Avant de rentrer dans son manoir épiscopal, il récompensa généreusement Henri Mâchefer de sa bonne volonté, et fit transférer le blessé dans une chambre de son appartement, où il entra lui-même quelques instants après, accompagné de

Théodoric et de Berthe, qui ne devaient plus le quitter, ainsi que de la vieille Plectrude, qui devenait sa commensale.

« Mon oncle, dit Berthe, s'il vous plaisait de loger cette femme avec moi, je me ferais un plaisir de lui parler de notre religion, et de l'entretenir dans ses pieux sentiments.

— J'approuve fort cela, répondit Gozlin, d'autant plus que des soins très-importants me réclament; je veux parler des préparatifs de défense pour le cas où les Normands reviendraient nous visiter. Notre blessé a le mire * auprès de lui; celui-ci vient de sonder la plaie; elle n'est pas dangereuse, Dieu merci; vous serez là pour les secours les plus pressés s'il en est besoin. Je vous abandonne donc notre cher malade, et vais, pour la plus grande sûreté publique, visiter les grands et petits postes de la Cité. Ensuite, si le bon Dieu le permet, je prendrai quelque repos, dont j'ai grand besoin.

— Comptez sur nous, mon bon oncle, répondit Berthe, en faisant une gracieuse révérence. Cette fois, soyez assuré que nous ne nous laisserons

---

* C'était le nom des médecins dans ces temps reculés et plus tard encore.

point enlever par les bohémiens, ni même par les Normands. Nous sommes trop heureux de nous trouver dans la même demeure que vous.

— C'est cela ; toujours câline, même en désobéissant, » dit Gozlin d'un air grave et pensif.

L'évêque sortit : le comte de Paris, le vaillant Eudes, l'attendait pour concerter avec lui un plan de défense ; il n'avait voulu prendre aucune résolution sans avoir l'avis du sage évêque, si plein de courage et d'expérience. Le prélat n'avait point à lui rendre compte des motifs de sa courte absence ; mais il crut devoir lui en parler officieusement comme d'une chose assez extraordinaire et digne de son attention.

Puis ils procédèrent ensemble à la visite des postes, et donnèrent, chacun de son côté, des ordres pour la défense des tours du grand et du petit pont. Voyant toutes les mesures prises, l'évêque et le comte se retirèrent, l'un dans son manoir épiscopal, l'autre dans son palais, qui était situé près du Petit-Châtelet.

Cependant la situation de Raphaël était des plus satisfaisantes. Il avait dormi quelques heures d'un sommeil calme et paisible, bien propre à réparer la perte de sang occasionnée par sa blessure. Plectrude, le voyant si bien, lui avait mis entre les mains son chapelet, en lui enseignant tant bien que mal l'usage qu'on en pouvait faire. Il tenait ce chapelet avec une sorte de contentement et de bien-être dont l'évêque fut touché quand il rentra dans son appartement.

« Monseigneur, dit Raphaël à l'évêque, je vous déclare que j'ai la mémoire du cœur, et que je me souviens de la bonne promesse de ce matin. Je vous la rappelle pour que vous ne l'oubliiez pas au milieu de vos occupations.

— Mon enfant, répondit Gozlin, grâces à Dieu, ma mémoire me sert encore assez fidèlement. Quant aux promesses du genre de celle que je t'ai faite, je ne les oublie jamais. C'est une si belle chose et si méritoire que de gagner des âmes à Dieu !

— Mon père, permettez-moi de vous donner ce nom, c'est de bien bon cœur que je veux lui donner la mienne.

— Nous reparlerons de cela demain, mon cher Raphaël ; maintenant tu as besoin de repos, et moi aussi. »

Raphaël échangea avec Plectrude, qui ne quittait pas son chevet, un regard d'une douceur angélique. Il goûtait en espérance le plus grand des bonheurs, il allait être chrétien !

Mais le lendemain, revenus de leur stupeur, les Normands recommençaient l'assaut avec un nouvel acharnement. Sigefroy avait décidé qu'il continuerait le siége. Il avait ordonné à ses scaldes, espèce de bardes, de ranimer le courage de ses guerriers par le récit de leurs anciens exploits. Ce chef intelligent avait tracé un camp sur la rive droite du fleuve, et l'avait fait enclore d'un fossé. Il avait fait aussi construire des machines de guerre de toute espèce, entr'autres mille mantelets, sous chacun desquels pouvaient combattre à couvert six hommes, et s'avancer trois chariots à seize roues, portant des tours capables de contenir soixante hommes armés.

Le siége, en un mot, était repris sur toute la ligne.

Tout étant prêt, l'assaut commence au lever de l'aurore ; les chariots des Normands, amenés sur leurs grandes barques, sont dirigés vers la grosse tour du grand pont ; les béliers, les catapultes et autres machines de siége ébranlent si fortement les murailles, que dans toute la ville les cris des femmes et des enfants se mêlent au bruit des cloches sonnant le tocsin, aux sons des trompettes et des clairons sonores, signal de l'assaut général.

Les Parisiens, intrépides à leurs postes, lancent sur les machines des Normands des quartiers de rochers, du plomb fondu, des torches enflammées, et font jouer contre les chariots, qu'ils brisent, qu'ils écrasent, de grosses poutres hérissées de pointes de fer.

Le général normand, Sigefroy, ordonne à ses soldats de former la tortue, en couvrant leurs têtes de leurs boucliers, et de tenter d'asseoir des échelles autour de la forteresse. Le fossé qui l'environne s'oppose à leur bouillante ardeur; ils y jettent, pour le combler, des pierres, des fascines, des débris de toute espèce; mais, les matériaux manquant pour aplanir ce fossé, les forcenés, par une atrocité inouïe et qu'on aurait peine à croire, si elle n'était attestée par les écrivains contemporains, font approcher tous les captifs qu'ils avaient faits aux environs de Paris, et les égorgent pour combler le fossé à l'aide de leurs cadavres.

Alors ils s'élancent à l'assaut sur ces degrés palpitants; ils foulent les corps entassés dans ce vaste cercueil, et font remonter à sa surface un sang écumeux et fumant. A ce spectacle, les assiégés frissonnent d'épouvante et reculent.

Mais Gozlin, couvert de ses ornements pontificaux, lève les mains vers le Ciel et le conjure d'a-

8 K

voir pitié de son pauvre peuple ; puis il saisit un javelot acéré, le lance contre les Normands, et renverse mort un de leurs chefs. Le comte Eudes veut frapper les ennemis de plus près ; altéré de leur sang, il commande une sortie, et, à la tête des Parisiens, il fait, jusqu'à la fin de la journée, des prodiges de valeur.

Etonnés de plus en plus d'une si opiniâtre résistance, et las d'employer inutilement la force, les Normands veulent revenir aux stratagèmes. Ils chargent plusieurs barques de matières combustibles, et y laissent des brandons allumés, après les avoir conduites contre les piliers du pont de bois.

L'alarme est générale parmi les assiégés, à la vue des feux rapides prêts à dévorer ce pont, qui, vers la rive du nord, joint la Cité à la grosse tour. Soudain trois Parisiens, se dévouant au salut de leurs concitoyens, se jettent dans le fleuve, afin d'écarter des piles du pont les barques incendiaires. Leurs mains, qu'ils osent y porter pour les repousser ou les entraîner sous les eaux, sont brûlées par les flammes, et tandis que ces hommes généreux sont suffoqués par les tourbillons de fumée qui s'échappent de ces matières embrasées, les assiégeants lancent contre eux mille et mille flèches acérées.

La mort siffle, gronde, mugit autour des trois héros de Paris sous mille aspects divers; mais, vainqueurs des ondes, du fer et de la flamme, ils remontent sanglants et noircis parmi leurs frères, qui les baignent des pleurs de l'admiration et de la reconnaissance.

Cependant, on touchait à la fin de l'hiver, et la Seine, enflée par les pluies et par la fonte des neiges, inonda bientôt les rivages, et parut à son tour assiéger les deux ponts des deux côtés de la ville. Celui de la rive méridionale, plus petit et moins solidement construit que l'autre, était surtout fortement ébranlé.

Les Normands considéraient avec une horrible joie le prompt accroissement des eaux du fleuve. Comptant sur lui et sur son cours impétueux, ils pensaient qu'il ferait leur propre besogne; ils suspendent donc leurs assauts et deviennent spectateurs. On aurait dit qu'ils accueillaient des auxiliaires et des compagnons attendus depuis longtemps, en les voyant applaudir à ces flots rapides frappant avec fracas le pont chancelant.

L'édifice, ébranlé, ne pouvant résister aux attaques incessantes des eaux, se rompt et se disperse en éclats sur les vagues écumantes.

Cette chute interdit toute communication entre

la ville et la petite tour en bois qui défendait l'accès du pont. Le comte de Paris, le vaillant Eudes, avait confié la garde de cette tour à douze seigneurs connus pour leur bravoure éprouvée. Aux premières secousses qui se firent ressentir, ces héros, invités par leurs frères d'armes à rentrer dans la ville, étaient restés volontairement dans cette tour, et ils s'y étaient renfermés en jurant de ne l'abandonner qu'à la mort.

Les Normands l'investirent comme une proie qui ne pouvait leur échapper; dix mille d'entre eux en formèrent l'attaque; mais ni la vue de tant de lances dressées vers eux, ni la faim qui les menaçait, ni l'évidence de leur perte prochaine ne purent déterminer ces douze Français à abandonner leur poste, et leur bras terrassait tous ceux qui gravissaient jusqu'à leur portée.

Alors les assiégeants rassemblent les débris du pont, qui couvraient le rivage, et en forment comme un vaste bûcher autour de cette forteresse, qui bientôt est enveloppée de flammes.

A l'aspect du péril imminent, les guerriers qu'elle renferme se rappellent que cette même tour sert de volière à des faucons, apanage de leur noblesse et jadis compagnons de leurs plaisirs. Alors ils se hâtent de donner la volée à ces oiseaux, qui se dirigent aussitôt vers la ville.

Bientôt, la tour embrasée s'écroule, et ses sublimes défenseurs périssent tous dans cet incendie, à l'exception d'un seul qui resta debout sur les ruines fumantes, défiant l'ennemi de sa dernière flèche, et déterminé à mourir les yeux tournés vers les murs de Lutèce, sa chère patrie.

Cependant, Paris soutenait la lutte contre les barbares, et jusque-là avait répondu d'une manière éclatante à son antique renommée de vaillance. L'évêque Gozlin ne le cédait à personne, ni pour l'activité, ni pour la bravoure. On le voyait à chaque instant monter sur les remparts, où il exhortait chaleureusement les combattants à tenir bon pour sauver la patrie.

Raphaël, soigné par Plectrude, et entouré des attentions délicates de toute la famille, commençait à aller beaucoup mieux. Mais l'évêque lui avait défendu formellement de sortir du manoir, sous quelque prétexte que ce fût, et il obéissait à cette injonction, dont il murmurait quelquefois, surtout lorsque les vociférations menaçantes et les défis des assiégeants parvenaient à son oreille.

« Faut-il que je sois condamné à l'inaction, s'écriait-il en se tordant les bras de désespoir, quand

tant de braves gens périssent pour la cause commune ! Moi dont le coup d'œil est si juste, moi si
habile à manier la lance, j'enverrais certainement
beaucoup de ces impies dans les enfers d'où ils
sont sortis. Je seconderais du moins tous ces braves
qu'on voit faire des efforts surhumains pour la défense de la ville. Plectrude, disait-il encore, ma
bonne Plectrude, laissez-moi aller seulement
quelques minutes sur les remparts. Vous ne me
répondez pas... Vous êtes une femme du Nord,
vous craignez que mes coups ne soient funestes
à vos anciens frères du Nord. — Mais vous, seigneur Théodoric, vous qui jouissez de tant d'empire sur l'esprit de votre oncle, si j'ai pu vous
donner quelque preuve de zèle et de dévoûment,
permettez que je lance seulement quelques flèches
sur le rempart.

— Je n'ai point de permission à donner, répliqua
Théodoric, électrisé par les paroles de Raphaël ;
mais je puis donner l'exemple ; car la honte de
demeurer entre ces murailles, quand tout le
monde combat sur les remparts, me pèse horri-
blement. Suivez-moi donc, ajouta le jeune homme
en saisissant un petite hache qui lui servait pour
la chasse.

— Non, non, jeune homme ; votre âge d'enfant

vous dispense de tout service de guerre. L'évêque
me maudirait, s'il savait que c'est moi qui vous ai
donné l'exemple de la désobéissance. Restez ici,
je vous en conjure. Laissez-moi sortir seul.

— Non, non, je ne resterai pas ici, s'écria le
bouillant Théodoric. Entendez-vous les cris des
combattants et de ceux qu'immole la mort? Entendez-vous les tintements du tocsin qui nous
appelle? Allons, marchons à la gloire ou à une
mort digne d'envie. »

Et Théodoric entraîna Raphaël, malgré les efforts et les supplications de Plectrude, qui n'avait
rien tant à cœur que de remplir les volontés de
l'évêque, et malgré les prières de Berthe, qui
voyait déjà son frère mort.

Raphaël, avec un arc qu'il trouva sans maître,
s'embusqua sur le rempart, et montra que sa
vigueur lui était revenue, en lançant plusieurs
flèches qui tuèrent autant d'ennemis. Quant à
Théodoric, imitant son compagnon, il prit une
arbalète, et mit à bas un certain nombre de Normands. Tous deux prenaient goût à ce métier
homicide, quand Plectrude survint.

L'évêque venait de rentrer, et elle ne savait comment l'instruire de l'absence des deux jeunes gens.

« Courage, avait-il dit, courage! Henri, duc de

Saxe, arrive avec un renfort de dix mille hommes. Mais où est donc Théodoric, mon neveu? Où est également notre cher Raphaël?

— Je vais les quérir tout de suite, » avait dit Plectrude, et elle était accourue incontinent, malgré les flèches ennemies qui pleuvaient sur le rempart. Elle eut bien de la peine à arracher de cet endroit les deux jeunes champions, qui voulaient encore combattre; à la fin, elle l'emporta par le grand ascendant qu'elle avait pris sur l'esprit de Raphaël.

« Monseigneur, dit Raphaël en s'inclinant pour cacher la rougeur de son visage, vous me pardonnerez; j'ai voulu recevoir le baptême de Français, parce que j'en trouvais l'occasion; à présent, je recevrai celui de chrétien, quand ce sera votre volonté.

— Comment! comment, Raphaël! dit Gozlin d'un air sévère, tu as pu enfreindre ma consigne à ce point...

— Oh! je suis allé seulement sur le rempart, et me suis borné à envoyer la mort à quelques Normands qui paraissaient fatigués de vivre. Du reste, je n'étais pas seul; votre neveu Théodoric peut attester que je n'ai pas fait de mal.

— Théodoric! dis-tu?

— Oui, mon oncle, dit le jeune homme, je puis témoigner que Raphaël s'est conduit en héros, et qu'il...

— Oh! oh! un héros! dit Raphaël vivement; seigneur, vous faites bien lestement des héros, et je pourrais croire que le métier n'est réellement pas bien difficile. Être sur un rempart élevé et de là tuer les gens, rien n'est plus aisé, mon jeune ami.

— Oui; mais vous ne dites pas, Raphaël, que les flèches tombaient comme grêle sur ce rempart, et sans vous faire sourciller.

— Si je n'ai pas parlé de cela, Théodoric, dit Raphaël, c'était sans doute pour ménager votre modestie; car vous avez partagé tous mes dangers.

— Allons! allons! reprit Gozlin, je vois que vous méritez tous deux que je vous tire les oreilles; je vois aussi que Paris peut compter sur deux défenseurs de plus, et cela me réconcilie avec vous, au point de vous pardonner votre périlleuse escapade.

— Mon oncle, dit Théodoric, tandis que vous, prêtre, vous âgé, vous allez chaque jour sur les remparts; tandis que vous exposez vos jours dans mille rencontres, ne serait-il pas honteux à moi, jeune homme plein de vigueur, de demeurer là les bras croisés à vous attendre?

— Théodoric, tu es le noble sang de ma sœur, tu as d'excellents sentiments; ils ne peuvent être égalés que par la sublimité de ceux de Raphaël, dont je connais déjà tous les exploits. Mais, vous, qui êtes désormais nos compagnons, vous savez sans doute la nouvelle du jour? Henri de Saxe nous amène, du fond de la Germanie, un renfort de quelques mille hommes. Il fera, il faut l'espérer, changer la face des affaires.

— Quand arrivera ce général? dit Théodoric....

— On l'annonce pour la nuit prochaine sous les murs de Paris.

— Tant mieux, dit le jeune homme; car, depuis qu'on se bat jour et nuit, nos gens doivent être harassés.

— Je le crois bien, répliqua Gozlin; aussi vais-je donner des ordres en conséquence.

— Vois le voyez, Raphaël, dit Théodoric, pendant que son oncle se retirait; vous le voyez, votre héroïsme a fait passer ma boutade; mais les dangers du rempart n'ont pas diminué, n'ont pas ralenti mon ardeur militaire. Bien au contraire, je voudrais....

— Calmez-vous, jeune homme, dit tranquillement Raphaël; il faut vous reposer un peu, après cette première épreuve. Nous nous reverrons demain. »

Henri de Saxe arriva, pendant la nuit, près des murs de Paris ; il surprit les Normands, qui ne veillaient que du côté de la ville, et en fit un grand carnage aux avant-postes. Les Parisiens, au bruit de ce combat nocturne, courent aux armes, et croient que les Normands veulent tenter un assaut. Mais, aux premiers rayons du jour, Eudes, qui a reconnu les bannières de l'empereur Charles, sort de la ville, l'épée à la main, et appelle à sa suite les plus braves guerriers de la garnison.

Sans voir si ces derniers marchaient de près sur ses traces, ce chef se précipite au milieu des ennemis, et s'en trouve enveloppé, séparé de ses compagnons. Sans être intimidé, il soutient lui seul, pendant quelque temps, l'effort de plusieurs légions, renverse des rangs entiers, se fait un rempart de morts et de mourants ; rejoint par les siens, il se fait jour vers le duc Henri, et ces deux chefs, ayant surmonté tous ces obstacles, rentrent, avec leurs troupes réunies, dans les murs de Paris.

Sigefroy était né vaillant et généreux ; il admirait depuis longtemps les exploits des Français.

Cette dernière action achève de le subjuguer.

« Non, s'écria-t-il, je ne puis consentir, désormais, à combattre de semblables héros. Ah !
loin de désirer encore la ruine et l'esclavage de
cette foule de braves, que ne puis-je être leur
frère, leur ami, et boire avec eux l'hydromel,
dans la salle des fêtes ! * »

Mais les autres chefs qui l'entourent refusent
d'abandonner les rivages fumants du sang de leurs
compagnons, et où tant de fois ils crurent pendant
la nuit voir approcher les Valkiries, leur demandant, au nom d'Odin, de la vengeance et des trophées.

Quant à Sigefroy, après avoir juré la paix entre
les mains du gouverneur de Paris, il se sépare des
autres rois et descend la Seine, suivi de ses seuls
guerriers ; départ qu'on peut regarder comme un
aveu manifeste de la supériorité française.

Cependant les Normands restés sous les murs
de Paris s'excitaient à de nouveaux assauts, et
tout annonçait que cette capitale, pressée par de
si nombreux ennemis, ne pourrait encore leur
résister longtemps ; car, exténuée par ses propres

---

* Souvenir de la religion d'Odin, qui était celle des anciens
Normands.

victoires, elle avait perdu dans plusieurs de ses sorties un grand nombre de ses défenseurs, et, cernée depuis longtemps, elle ne pouvait entretenir ses magasins épuisés.

De plus en plus, l'avenir lui apparaissait menaçant. La désolation était grande, elle était générale. Eudes assemble les citoyens et, après les avoir invités à supporter avec constance les maux dont ils étaient menacés, il leur annonce qu'il veut aller lui-même implorer des secours de l'empereur, et leur promet que bientôt il viendra les délivrer. Il part, en effet, à la faveur de la nuit, suivi de Henri, duc de Saxe, et laisse le commandement de la ville à Robert, à Ebole, à Gozlin et aux comtes Roger et Adelelme.

Après son départ, des dangers plus grands que ceux que les habitants de Paris avaient déjà bravés vinrent fondre tout-à-coup sur cette ville infortunée.

Les munitions de bouche et de guerre manquèrent; les cadavres de tant de guerriers morts sur la brèche et inhumés dans une étroite enceinte avaient corrompu l'air, au point que les trois fléaux les plus épouvantables, la famine, la peste et la guerre, ravagèrent à la fois Paris au-dedans et au-dehors.

Alors succédèrent aux faits d'armes et aux attaques impétueuses l'héroïsme de la piété, de la tendre compassion, et le triomphe de tous les sentiments qui protégent et honorent l'humanité. Ce n'était plus aux portes de la ville, et le fer à la main, que les Parisiens allaient chercher la mort; c'était vers le lit d'un père, d'une épouse, d'un fils, qui, dans ses caresses et ses derniers adieux, exhalait le mal contagieux dont il était infecté. Ce mal, qu'on appela *le feu Saint-Antoine*, *feu sacré*, *ou mal des ardents*, était une maladie épidémique qui prenait des noms différents, suivant les localités qui en étaient atteintes. Il inspirait une si grande horreur, que, par imprécation, on ne disait autre chose que : *Le feu de Saint-Antoine t'arde*, comme le dernier malheur qu'on pût souhaiter à ses ennemis. On peut comparer cette affreuse épidémie au choléra qui a sévi de nos jours en France.

Toutefois, si les Parisiens, quoique privés d'aliments, et le sang presque tari par le brûlant poison qui les dévorait, entendaient résonner la trompette, aussitôt leur énergie se réveillait dans leurs corps languissants, et, du haut de leurs murailles, ces pâles guerriers, dont les yeux étincelaient encore de l'amour des combats, effrayaient les Normands et les repoussaient vaillamment. Ces Français, tristes et mourants, se ranimaient aux sons de l'airain belliqueux, ressemblaient à ces feux qui, presque éteints dans les foyers solitaires, s'avivent au souffle qui les excite et de la cendre qui les couvre, et renaissent en pétillant.

Plus d'une fois, pendant la nuit, les Parisiens, malgré leur faiblesse, portaient dans le camp des ennemis le désordre et le trépas, ou, se couvrant des armes de quelques prisonniers, et abusant ainsi les Normands, ils se mêlaient à leurs jeux, faisaient asseoir la peste à leurs banquets, et tout-à-coup, tirant leurs glaives, ils consommaient de grands sacrifices.

Cependant la famine, la contagion amoncelaient chaque jour des cadavres dans Paris, et les sépultures manquaient, lorsqu'un matin les assiégés virent flotter sur la montagne de Mars *, que nous nommons aujourd'hui Montmartre, au nord de la Cité, les drapeaux de trois corps de cavalerie que le comte Eudes amenait à son secours. A cette vue, les Parisiens, oubliant leurs souffrances, courent

---

* Abbon lui donne le nom de Mont-de-Mars et d'autres l'appellent le Mont-des-Martyrs (*Mons Martyrum*).

aux armes, et poussent des cris de joie dans cette enceinte où régnait peu d'instants avant le silence de la mort.

Eudes, du haut de la montagne, où il s'était arrêté quelques instants, fond comme un aigle dans la campagne couverte de Normands. Rien ne peut s'opposer à sa course impétueuse, et il entre dans la Cité avec des vivres, des armes et des soldats.

On doit bien penser que, pendant tous ces assauts, tous ces faits de guerre, l'évêque Gozlin déployait la plus grande activité. Il était infatigable, se montrant partout où le salut public demandait sa présence. Il quittait le chevet d'un moribond torturé par le *mal des ardents* pour pourvoir à la défense de la ville assiégée. Tantôt il faisait apporter sur les remparts des monceaux de pierres pour accabler l'ennemi, tantôt il faisait exercer les bourgeois au maniement des armes, de la fronde et de l'arbalète; où il plaçait lui-même des sentinelles aux poternes et dans les retranchements destinés à abriter la troupe.

Il faisait même exécuter de grandes manœuvres, des marches et contre-marches, des combats simulés, en un mot tout ce qui est du ressort de la petite guerre, afin d'accoutumer les Parisiens à la manière de combattre les Normands. Par ses

soins, le commandement des châteaux et des for-
teresses était confié à des hommes d'une valeur et
d'une expérience consommées, et des vivres et
autres munitions y étaient introduits suivant le
besoin.

A l'exemple de leur intrépide évêque, les prêtres
ne restaient pas oisifs en présence de tous ces
préparatifs de lutte désespérée. Ils exhortaient le
peuple, du haut de la chaire, à résister avec vigueur
à ces ennemis de la foi chrétienne. Plusieurs d'entre
eux s'engageaient même à risquer leur vie pour
repousser ces infidèles. C'était partout un enthousiasme qui semblait être un gage de la victoire.

Gozlin, dont l'esprit s'était façonné aux choses
de l'art militaire, dressait des plans pour la meilleure défense de la cité. Il regardait avec anxiété le
cours du fleuve qui amenait les barbares, et, montrant de la main cette ligne d'eau qui traçait le
chemin, il s'écriait avec douleur :

« C'est par là que viendront les Normands, c'est
par là qu'ils déborderont sur nous comme un torrent; c'est là surtout que nous devons nous fortifier contre eux, et ne pas leur permettre l'accès
de nos murailles. »

Théodoric avait fait partie de la suite de Henri,
comte de Saxe, dans son voyage en Allemagne,

9 K

et Gozlin, par sollicitude pour son neveu, lui avait donné pour compagnon d'armes ce jeune bohémien, Raphaël, dont nos lecteurs ont pu admirer le beau caractère et les éminentes qualités.

Raphaël et Théodoric étaient revenus bien portants et disposés à prouver aux Normands que leur bras, avec le temps et l'exercice, s'était façonné et fortifié de manière à se faire redouter. Théodoric n'était plus un enfant; la barbe qui se montrait à son menton, et plus encore ses nobles actions attestaient que les événements l'avaient mûri avant l'âge, et que Paris pouvait compter sur un défenseur de plus. Quant à Raphaël, enfant de la nature, il n'avait jamais compté parmi les enfants, et s'était montré, de prime abord, aux sentiments nobles et généreux, un homme à qui il ne manquait que le nom de chrétien.

Ce nom que, dans les premiers âges de l'Eglise, tant de saints achetèrent au prix de leur vie; ce nom qui flattait par-dessus tout l'ambition du jeune bohémien, Gozlin, l'évêque et le brave champion de Paris, jusque-là toujours entravé par les opérations du siége, consentit enfin à le lui conférer, non pas avec la pompe qu'il aurait voulu donner à cette cérémonie; cela était impossible au milieu des horreurs d'un siége, et des horreurs plus épouvantables encore qui accompagnent la famine et la peste.

Raphaël fut donc tenu sur les fonts de baptême par le comte Robert et par la jeune Berthe, et ce fut Gozlin qui lui administra le sacrement qui fait les chrétiens. Mais auparavant il l'avait instruit de toutes les grandes vérités que la religion nous enseigne. Le jeune catéchumène était tout radieux le jour où, sous de tels auspices, il entra dans la grande famille chrétienne, et Plectrude, heureuse aussi de ce changement, en adressa des actions de grâces au Dieu des dieux, à celui qui tient dans sa main les cœurs de tous les hommes.

CHAPITRE HUITIÈME.

PLECTRUDE RACONTE SES AVENTURES AVANT D'ÊTRE CONVERTIE.

Histoire de la Normande Plectrude, depuis sa naissance jusqu'à sa conversion. — Gozlin, prisonnier, la gagne au christianisme. — Scène terrible
entre Plectrude et son père Oldric. — Il la maudit et la bannit de sa
présence. — Elle se réfugie en France.

La jeune Berthe éprouvait une grande joie
d'avoir pu être marraine d'un bohémien, tiré
comme par miracle des ténèbres de l'idolâtrie.
Mais cette joie, au milieu des journées pénibles
du siége, avait quelque chose de grave et de sérieux. C'était une joie véritablement toute chrétienne, et la jeune damoiselle se plaisait à en
rendre grâces au Ciel, tout en manifestant à chaque
instant sa satisfaction à sa bonne Plectrude,

qui partageait à cet égard tous ses sentiments.

Il s'était établi de prime abord entre ces deux femmes une amitié qui semblait dater déjà de loin, et qui cependant était encore bien nouvelle. Mais Plectrude avait été le premier instrument qui avait servi à la délivrance du frère et de la sœur. C'était elle qui, au péril de sa vie, avait préservé ces deux jeunes gens d'être livrés aux Normands. C'était elle, enfin, qui avait guidé les recherches faites par Gozlin pour les découvrir. Ainsi donc la reconnaissance avait tenu lieu d'une sympathie que la différence d'âge et de position semblait rendre impossible.

Cependant Berthe témoignait avec raison une entière confiance à la bonne Plectrude, qui la payait volontiers de retour. Naturellement la confiance appelle la confiance et la fait naître bien souvent. Berthe était curieuse comme une jeune fille, et sa vieille compagne, qui ne demandait pas mieux que de la satisfaire, répondait à toutes ses questions avec toute la précision qui lui était possible, quoiqu'elle parlât assez difficilement la langue de Berthe.

« Plectrude, lui dit Berthe, j'espère qu'à présent, quoi qu'il arrive, je ne vous entendrai plus dire que vous êtes abandonnée de Dieu ?

— Comment cela, mademoiselle ? répondit Plectrude.

— Votre question m'étonne. N'êtes-vous pas bien contente que votre protégé Raphaël soit actuellement un des nôtres ? Son baptême ne vous a-t-il pas fait le même plaisir qu'à moi-même ?..... Vous soupirez, Plectrude ; vous resterait-il encore quelque chose à désirer ?

— Puisque vous me le demandez, aimable damoiselle, je vous répondrai franchement que, de temps en temps, je suis assaillie par des ennuis intolérables... Heureusement que la religion est là pour m'apporter son baume consolateur....

— Est-ce que ce serait le mal du pays ? Il me semble pourtant que vous n'avez pas beaucoup à le regretter.

— C'est vrai, si vous voulez parler du sol, du climat, des usages du pays ; mais j'y ai laissé un père, des frères, une famille, que je ne reverrai jamais, sans doute ; mais vous concevrez ma faiblesse ; je ne puis penser à ces êtres infortunés, et j'y pense tous les jours, sans avoir une sombre tristesse dans l'âme. Ces pauvres idolâtres !.....

— Je conçois, comme vous le dites, le chagrin que vous cause la pensée d'être séparée d'eux, peut-être pour jamais. C'est bien triste, en effet; mais la mort ne fait pas autre chose.

— Ah! Berthe, si je les savais heureux, si j'apprenais qu'ils sont devenus chrétiens, qu'ils adorent le même Dieu que moi, que leurs prières sont les miennes, qu'ils prient aux mêmes jours, aux mêmes heures que moi, vous ne me verriez pas si triste, si abattue. Par malheur, les pauvres malheureux sont toujours courbés sous le joug du sanguinaire Odin, et, à moins d'un miracle, ils resteront toujours dans les ténèbres de l'ignorance; je le crains bien du moins.

— Le Ciel a permis, chère Plectrude, que vous devinssiez chrétienne; ne peut-il pas se servir du même hasard pour faire briller à leurs yeux la lumière de l'Evangile? Dieu fait naître des événements qui passent notre faible intelligence. Il peut envoyer dans votre pays, au sein même de votre famille, quelque zélé missionnaire qui fasse pour eux ce qu'on a fait pour vous.

— Berthe, j'accepte vos consolations; elle me font un grand bien... Mais on ne rencontre pas souvent des hommes aussi pieux, aussi dévoués que votre bon oncle.

— Je le sais, chère Plectrude, reprit Berthe en tâchant de changer le cours de la conversation;

mais ce que je ne sais pas, ce que je voudrais savoir, c'est votre histoire; je ne vous l'ai jamais demandée; j'ai appris vaguement que vous vous étiez enfuie du camp des Normands; mais je n'en sais pas davantage...

— Comment! bonne damoiselle, vous ne connaissez pas l'histoire de la pauvre Plectrude, de cette créature que vous traitez avec tant de bonté! Pardonnez-moi d'avoir si longtemps gardé le silence à cet égard. Si j'eusse cru que cela pût vous intéresser le moins du monde...

— N'en doutez pas, chère Plectrude; je partage à cette heure tous les sentiments de mon bon oncle à votre sujet, et tout ce qui vous concerne doit m'intéresser infiniment, soyez-en sûre.

— Alors, gentille Berthe, je vais vous raconter mon histoire. Je suis née à Upsala. Cette ville était le grand sanctuaire de l'Odinisme, la religion de mes pères, et le chef-lieu politique de la contrée.

« C'est un temple fort beau que celui d'Upsala. Il est tout resplendissant d'or et d'argent. Une chaîne de l'or le plus pur, soutenue par un marbre semblable à l'émeraude, l'entoure à l'extérieur comme d'une ceinture. Quatre tours inégales couronnent cet édifice; trois sont dédiées à Odin, à son épouse Frigga et à leur fils, et la quatrième,

qui s'élève au-dessus des autres, est consacrée à
ces trois divinités réunies, qui forment ainsi une
sorte de trinité, mais bien différente de tous points
de notre trinité chrétienne.

« Il fallait que les temples d'Odin fussent larges
et spacieux ; car, à certaines époques de l'année,
tous les habitants d'un district s'y rassemblaient
pour offrir un sacrifice aux dieux, recevoir l'as-
persion du sang et partager la chair des victimes,
qui étaient le plus souvent des hommes pris à la
guerre. La sainteté du lieu prévenait les désordres
qui auraient pu éclater dans de pareilles réunions.
La loi était sévère sur ce point. Elle avait, elle a
encore des punitions rigoureuses pour quiconque
s'y rendrait coupable d'un acte de violence ou
d'une conduite irrévérencieuse. Chose étrange ! les
meurtriers, les malfaiteurs ne peuvent pas même
rester dans le voisinage du temple ; car le sol sur
lequel s'élève le sanctuaire des dieux est sacré, et
le prêtre devait emporter avec lui cette terre sainte
en emportant les idoles.

« Si je vous parle longuement du temple
d'Upsala, c'est que mon père était attaché à son
service comme prêtre sacrificateur, fonctions
atroces qui n'ont pas peu contribué à me faire
prendre la religion d'Odin en horreur.

« Je vous parlerais bien plus en détail de cette religion absurde et féroce; mais je craindrais de vous ennuyer et même de vous scandaliser...

— Non, non, Plectrude, interrompit Berthe, ne craignez pas cela. Il y a dans toutes ces notions des choses très-instructives, et qui tournent d'ailleurs à la plus grande gloire du christianisme. Continuez donc, je vous prie. Instruisez-moi de ce qui concerne la mythologie scandinave, mythologie moins gracieuse et encore plus absurde, à ce qu'il paraît, que celle des anciens Grecs, que j'ai étudiée dans les manuscrits. Mon oncle, l'évêque de Paris lui-même, nous a entretenus plus d'une fois des croyances de vos compatriotes. Ainsi donc retracez-vous sans crainte vos souvenirs à mesure qu'ils se présenteront à votre esprit.

— Alors je continue, ma bonne Berthe. On m'appelait Roswitha avant que l'eau sainte du baptême eût effacé chez moi la souillure du péché originel. Je croyais alors, je crus encore longtemps à toutes les jongleries inventées par Odin et par sa femme Frigga.

« Il y a chez les Scandinaves trois sortes de trinités.

« La trinité originelle se compose d'Odin, Vili et Ve. Odin représente le ciel ou le principe de création ; Vili, la lumière ou le principe d'ordre ; Ve , le soleil ou le principe d'action.

« La seconde trinité, qu'on appelle *trinité de la force*, se compose d'Odin, de Frey et de Thor. Enfin, les Scandinaves ont une troisième sorte de trinité : c'est celle d'Odin, de Thor et de Frigga.

« Frigga avait la connaissance de l'avenir, et ne la révéla jamais. Elle habitait dans le ciel un magnifique palais appelé *Fansal* (mot qui signifie *splendide demeure*). Des vierges des plus nobles familles du pays se consacraient à son culte sous le nom de *Gydior* ou *Déesses*. Frigga est représentée dans le temple d'Upsala couchée sur des coussins, avec des attributs qui désignent l'abondance et la fécondité.

« Héla, ou la mort, était fille du mauvais génie Loki et de la géante Angerbode (messagère du malheur). Dès qu'elle fut un peu grande, les dieux la précipitèrent dans le Niftheim (région des ténèbres), et lui donnèrent le gouvernement des neuf mondes qui le composent.

« On regarde comme inconvenant de se présenter pauvre et dénué de tout devant Odin, de sorte qu'il est fort douteux, toujours suivant la doctrine de ce sanguinaire imposteur, qu'un pauvre puisse obtenir l'entrée du Walhalla, à moins qu'il n'arrive sortant d'un combat sanglant, ou faisant partie du cortége d'un illustre guerrier.

« Ce qui m'a frappée principalement en ce qui concerne le Walhalla, c'est que les pauvres serfs en sont exclus, tandis que, chez les chrétiens, les pauvres occupent les premières places du paradis. Énorme et consolante différence, qui me semble devoir lui rattacher le pauvre comme par des liens indestructibles.

« La place de ceux qui n'étaient pas reçus dans le Walhalla était réservée chez Thor, qui est la troisième divinité principale des Scandinaves, et qui préside à la foudre. Ce Thor est le plus vaillant des fils d'Odin, et on lui offre en sacrifice des victimes humaines.

« La massue dont il est armé, et qu'il lance dans les airs contre les géants, désigne assez bien la foudre. Outre cette massue, qui, dit-on, revient d'elle-même dans sa main, quand il l'a lancée avec ses gantelets de fer, il a autour des reins une ceinture qui rend ses forces inépuisables. Chose horrible et abominable! tous les neuf ans, au mois de janvier, on immole à Thor quatre-vingt-dix-neuf hommes, autant de chevaux, de chiens et de coqs!

« Je passe à un autre dieu moins effrayant : c'est

Balder, dieu de la douceur, de la bonté et de la grâce. Ce dieu habite le riant palais de Breidablik. Là, jamais nulle malédiction ne s'est fait entendre ; là, jamais nulle mauvaise pensée n'entre dans le cœur. Les murailles de ce palais sont brillantes comme la lumière, et les colonnes qui le soutiennent portent des runas ou oracles, auxquels on attribue le pouvoir de faire revivre les morts.

« Je vais vous raconter une chronique curieuse sur le dieu de la douceur, de la grâce et de la bonté. Elle vous fera bien connaître une des faces du génie barbare de nos peuples du Nord.

« Une nuit, Balder rêva que sa vie était exposée à un grand péril. Sa mère, alarmée, s'adressa à tous les êtres de la nature, et leur fit jurer de ne pas nuire à son fils. Malheureusement, elle omit de demander le même serment à une plante fraîchement éclose, et qui lui sembla trop petite pour être à craindre.

« Loki, le mauvais principe, alla cueillir cette plante, et un jour que les dieux, réunis dans leur demeure, s'amusaient à poursuivre le bon Balder, en lui jetant différents objets, le génie du mal s'approcha de l'aveugle Hoder, et lui demanda s'il ne voulait pas aussi lancer quelque chose à Balder.

— Je suis aveugle, dit le pauvre dieu, et je n'ai rien pu trouver.

« Loki lui donne alors la plante fatale, pousse l'aveugle contre Balder, et le malheureux Balder tombe mort sur la place. Un cri d'épouvante et de douleur retentit alors dans le palais céleste. Les dieux auraient voulu venger le meurtre de leur frère chéri ; mais la sainteté du lieu où ils se trouvaient les en empêcha.

« Ils portèrent le corps de Balder sur le rivage, et ce corps était si lourd, que, pour pouvoir le déposer dans le navire qui devait lui servir de bûcher, ils furent obligés d'appeler à leur secours une sorcière, qui arriva montée sur un loup, et tenant un serpent pour bride. Le corps de Balder fut brûlé avec celui de sa fidèle épouse Hanna, et celui de son cheval. Les Walkiries, espèces de déesses qui servent les héros dans le Walhalla, et d'autres divinités, assistèrent à ses funérailles ; Frey y vint monté sur un sanglier, Frigga sur un char attelé de deux chats. Tous les dieux jetèrent quelques présents sur le cadavre de Balder ; Odin y jeta son merveilleux anneau *Dripner*, et Thor consacra avec son marteau la flamme du bûcher.

« Pendant cette douloureuse cérémonie, Frigga, restée à l'écart, pleurait son fils bien-aimé. Il lui restait encore un espoir, celui de l'arracher à l'empire des morts, en séduisant la reine des ténèbres.

« Hermode, par son ordre, monta sur le cheval d'Odin, sur le vigoureux *Sleipner*, descendit dans les enfers, et pria la déesse Héla d'affranchir Balder des liens de la mort. Héla répondit qu'elle lui rendrait la liberté avec la vie, s'il était aussi généralement aimé qu'on le disait, si tous les êtres animés et inanimés de la nature le pleuraient.

« Cependant Balder était assis dans le monde souterrain. Il appela Hermode, et lui donna un anneau pour Odin. Hanna donna aussi au céleste messager un souvenir pour Frigga ; puis, l'intrépide voyageur repartit, et porta à la céleste demeure la réponse d'Héla.

« Les dieux alors assemblèrent tous les êtres de la nature. Tous donnèrent une larme au bon Balder ; une vieille femme seule refusa de lui accorder un regret. Cette femme était Loki, le génie du mal, dont plus tard on reconnut le déguisement. Par suite de cette supercherie, l'impitoyable Héla retint donc Balder dans les fers.

« Vous reconnaissez comme moi, ma chère damoiselle Berthe, toute la grossièreté de ces fables, combien elles sont stupides. Ce serait un blasphème que de comparer à ces ridicules inventions des hommes les augustes dogmes du christianisme, qui portent tous si bien l'empreinte d'un Dieu tout-puissant. Voyez-vous des dieux s'amusant à jouer comme des enfants, et se jetant des boulettes ! La belle occupation, bien digne des dieux de la façon d'Odin ! Et puis, ces dieux sujets à la mort comme tous les autres êtres inspirent bien peu de considération pour le prétendu paradis des Scandinaves. Il y a dans tout cela des réminiscences bien confuses et très-grossières des enseignements du christianisme. Mais, dans l'histoire du christianisme, on ne voit pas les saints se jouer de mauvais tours les uns aux autres. Ils ne convoquent pas tous les êtres de la nature, afin de solliciter leur concours pour obtenir la résurrection d'un mort ; ils invoquent tout simplement celui qui a la toute-puissance, et n'ont besoin que de dire : Sortez du tombeau, et allez rendre grâces à Dieu ! Et puis cette sorcière montée sur un loup, et tenant un serpent pour bride ; ce Frey porté par un sanglier, cette Frigga traînée sur un char attelé de deux chats, tout ce cortége n'est-il pas le sublime du grotesque ?

« Dans nos runas je n'en ai trouvé qu'une seule qui m'ait paru originale et gracieuse ; elle est relative à la Vierge Marie, bien qu'un peu gâtée par les nuages et les brumes du Nord. C'est l'histoire de Mariatta.

« C'est ainsi qu'en voulant transporter à la religion d'Odin des choses qui ne lui appartenaient pas, nos barbares ancêtres ont gâté tout ce qu'ils ont pris de la religion chrétienne.

« Je vivais donc au milieu de ces dieux sanguinaires, de ces Walkiries nébuleuses, et de tout l'attirail de l'Odinisme, lorsque le Ciel envoya dans nos contrées un vénérable prêtre catholique, qui n'eut pas de peine à m'appeler à la foi. Ce prêtre était votre oncle, le bon et généreux Gozlin. Il avait été fait prisonnier par nos hommes, et comme on en attendait une riche rançon, on en avait confié la garde à mon père, qui suivait de l'œil toutes ses démarches, et qui avait pour lui une haine instinctive, qu'il ne manquait pas d'exercer, toutes les fois qu'il en trouvait l'occasion.

« Naturellement ombrageux, défiant et farouche, mon père, qui se nommait Oldric, voyait surtout d'un mauvais œil que le prêtre chrétien avait su acquérir quelque empire sur moi; et, soupçonnant dans Gozlin un esprit de prosélytisme hostile à la religion d'Odin, il traitait durement ce prêtre, et s'emporta même plusieurs fois jusqu'à le frapper au visage.

10 K

« Gozlin supportait tout avec une patience évangélique. Dans nos conférences, que nous cachions le plus possible, il s'attachait à me faire voir l'absurdité de la religion dans laquelle j'avais été nourrie, et me prouvait l'excellente simplicité de la sienne. D'abord, je résistai fortement ; on ne dépouille pas à volonté des préjugés qui ont pris racine dans l'âme et dans le cœur, et qui ont grandi avec nous. Mais il parlait avec tant de douceur et d'onction, il citait de si merveilleux exemples des martyrs et des solitaires chrétiens, que je finis par être touchée, et par promettre que je me ferais chrétienne, aussitôt que je serais suffisamment instruite.

« A peu près vers ce temps, Oldric prit le parti de me faire admettre au nombre des prêtresses du temple d'Upsala. Mais, pour cela, il fallait mon consentement. C'est pourquoi, me prenant un jour à l'écart :

— Roswitha, ma fille, me dit-il, j'ai à te proposer de remplir le vœu que fit en mourant ta pauvre mère. La digne femme aspirait à te voir un jour parmi les saintes prêtresses du temple que je dessers.

— Elle ne m'en a jamais ouvert la bouche, dis-je avec étonnement.

— Roswitha, voudrais-tu désobéir à la volonté de ta mère mourante? Je connais ton cœur, ta docilité....

— Mon père, je vous aime et vous respecte, répondis-je avec fermeté ; je vénère le souvenir de celle qui m'a donné le jour. Mais je ne puis prendre, sans réflexion, le parti que vous me proposez aujourd'hui pour la première fois.

— Ah ! tu veux sans doute consulter le prêtre chrétien, qui est l'ennemi juré de notre culte ?

— Non, mon père ; je n'ai nullement besoin de ses conseils ; mais j'ai besoin d'examiner ma conscience.

— Songe, Roswitha, qu'il s'agit pour toi d'un grand honneur, et que cet honneur rejaillira sur notre famille..... J'ai des vues que je te ferai connaître plus tard.

— Moi, mon père, lui dis-je en hésitant toutefois, je vous ferai connaître aussi plus tard la résolution à laquelle je me serai arrêtée.

— Roswitha, fais attention à ce que tu feras ! me dit mon père en me lançant une regard foudroyant.

« J'épiai le moment favorable pour me trouver avec Gozlin. Je lui confiai ma peine. Il entrevit que ma foi naissante était menacée de combats, d'é-

preuves qui pourraient bien la faire succomber.
Il me dit qu'il fallait me soumettre au baptême
pour entrer définitivement dans la grande famille
chrétienne. Je n'eus pas de peine à sentir la justesse de ses raisons, et je le priai instamment de
fixer la cérémonie de mon baptême à l'époque la
plus prochaine possible.

— Mon enfant, dit Gozlin, vous demandez le
baptême avec de trop vives instances pour que je
retarde pour vous ces heureux instants qui doivent
vous voir chrétienne.

— Mais enfin, mon père, quel jour, quel lieu
choisissez-vous pour cet acte si mémorable pour
moi ?

— Je vais répondre à votre légitime impatience,
Roswitha, dit Gozlin avec une grande bonté ; mais
où fixer notre pieux rendez-vous ?

— Derrière le tertre funèbre, lui dis-je avec
véhémence.

— Je le veux bien. Trouvez-vous y le premier
jour de la nouvelle lune, à l'heure du soir que
toute la chrétienté célèbre en disant l'*Angelus*.
Cette heure sera favorable au baptême que vous
voulez recevoir, et vous aurez plaisir à répéter :
Seigneur, voici votre servante qui a confiance en
votre parole. Ainsi le lieu, le jour, l'heure sont

bien convenus. J'aurai tout ce qui sera nécessaire pour la cérémonie.

— Mon père, lui dis-je avec effusion, j'ai pleine confiance aussi en vos paroles, et moi, je ne me ferai pas attendre.

« Le tertre funèbre que j'avais indiqué de la main était situé à peu de distance du temple d'Upsala. Il faut vous dire que ces tertres funèbres sont très-nombreux dans nos contrées. Nous n'avons pas d'autres cimetières. Les plus fameux sont ceux où sont déposées les cendres des guerriers. Lorsque leur vie avait été illustrée par des exploits, on dressait sur ce tertre des pierres de souvenir, couvertes d'inscriptions runiques, qu'on appelait pierres de Banta.

« Quand les rois et les guerriers de notre pays avaient rendu le dernier soupir, on entourait leur dépouille mortelle de splendides honneurs, et les scaldes ou poètes célébraient leur mémoire. On donnait à ces éloges funèbres le nom de *drapa*. Je vous dirai la *drapa* du roi Ring, qui est restée dans ma mémoire, et qui vous donnera quelque idée des autres prières de ce genre ; la voici :

« Il repose dans le tertre, le chef à la haute origine, le glaive au côté, le bouclier au bras. Son bon coursier hennit dans l'enceinte et frappe de son sabot d'or les murs profonds de la tombe!

« Le voilà, maintenant, le puissant Ring qui
franchit le Bifrost, et l'arc du pont fléchit sous le
poids de ses pas. Les portes du Walhalla s'ouvrent
devant lui, et il unit ses mains aux mains des
Asas.

« Thor est absent; il est à la guerre. Valfader
fait apporter la coupe pour le royal convive. Frey
tresse des épis autour de sa couronne; Frigga y
attache des fleurs bleues.

« Le vieux Brage saisit les cordes d'or; le chant
module un doux murmure jusqu'alors inouï. Attentive, Vanadie appuie son blanc sein contre la
table, écoute et brûle.

« La grande voix des glaives chante sans cesse
dans les casques; les flots furieux sont rougis de
sang. La force, présent des dieux bons, farouche
comme le Berserk, mord dans les boucliers.

« Il nous fut cher, ce grand roi, dont le bouclier protégeait les champs paisibles. En lui, le
plus beau modèle de la force jointe à la sagesse
s'est élevé au ciel comme la fumée d'un sacrifice.

« Il choisit de sages paroles, Valfader, lorsqu'il
est assis auprès de Saga, la vierge de Soquaback.
Ainsi retentissaient les paroles du roi, claires,
profondes comme les ondes de Minser.

« Ami de la paix, Forsète juge et apaise les querelles auprès des flots tumultueux d'Urda. Ainsi trônait sur la pierre du juge ce roi adoré, et la vengeance de sang tendait ses mains désarmées.

« Il n'était point avare le roi ; il répandait autour de lui la brillante rosée des nains, le lit des dragons (l'or). Le don tombait joyeux de sa main libérale ; la consolation de l'affligé s'épanchait facile de ses lèvres.

« Sois le bienvenu, sage héritier de Walhalla ! Longtemps le Nord célébrera ton nom. Brage te salue avec la coupe pleine, ô paisible messager des Nornas ! »

« Telle était la tournure générale de ces chants funèbres. Je reviens à moi. Le jour convenu, à l'heure dite, j'étais la première au tertre funèbre, et ce n'était pas froidement que je considérais ce monument de l'antique foi de mes pères. Le silence du lieu, la grande ombre projetée de cette sépulture, peut-être royale, le cri lugubre de l'orfraie, qui semblait en être le gardien, faisaient sur mon âme une impression qui me semblait un tacite reproche. J'allais donc déserter ce culte dont la nation était si fière, ce culte qui avait enfanté tant de héros.... Je croyais voir se dresser devant moi les Walkiries indignées de ma lâcheté, et qui me semblaient former avec leurs écharpes bleuâtres une barrière qui arrêtait mes pas fugitifs.

« Cette hallucination, causée par les souvenirs du jeune âge, disparut comme un vain songe, à l'arrivée du pieux Gozlin, arrivée qui me rappela mes promesses dans toute leur force.

— Chère Roswitha, me dit-il avec tristesse, je suis épié; c'est pourquoi vous ne m'avez pas vu plus tôt aujourd'hui. Votre père a l'œil ouvert sur moi.... Il me semble agité par quelque vague pressentiment. Je ne serais pas étonné qu'en ce moment il n'envoyât ses gens à ma poursuite....

— Vous croyez, mon père? lui dis-je dans ma foi encore bien chancelante; eh bien! si vous craignez.....

— Moi, je ne crains que Dieu, et dans cet instant il me commande d'avoir le courage d'accomplir....

— Votre projet? lui dis-je avec tremblement.

— Oui, ma fille, il ne faut plus différer... Ayez présent à la pensée le spectacle de tant de martyrs morts en recevant le baptême. Cet exemple vous donnera du courage.

— Je n'en ai pas besoin, mon père; mon sacrifice est décidé, et rien....

— Bien, bien; mettez-vous à genoux, et courbez-vous sous l'eau consacrée que je vais répandre sur votre front, au nom du Père, du Fils et du Saint-Esprit.

« Je m'agenouillai en joignant les mains, et le prêtre prononça sur moi les paroles sacrées du baptême.

— Relevez-vous, maintenant, me dit-il d'une voix inspirée ; vous étiez Roswitha tout-à-l'heure ; vous êtes maintenant Plectrude. Ce changement de nom doit vous rappeler éternellement que vous êtes chrétienne et que vous êtes prête à proclamer en présence du monde entier la foi que vous venez d'embrasser.

« La lune, se détachant alors de gros nuages noirs qui la cachaient aux regards, parut dans toute sa majesté et vint éclairer de ses rayons pâles le tertre funèbre et les personnages qui l'entouraient. Il y avait quelque chose de solennel dans notre situation, dans celle d'un vieux prêtre captif s'exposant aux plus cruels tourments en bravant le culte des idolâtres, dans celle d'une jeune fille reniant ce même culte et bravant la colère de tous ses compatriotes.

— Qu'as-tu fait, ma chère fille ? dit un voix qui me sembla sortir du tombeau qui s'élevait près de nous. Qu'as-tu fait ? Tu viens de renier la foi de tes

pères! Ta mère, qui te voit du séjour des bienheureux, doit bien rougir de la folle conduite de sa
fille. Elle te voit courir vers le précipice, et te
conjure de t'arrêter et de revenir sur tes pas. Il en
est temps encore.... Dis à ce vil imposteur qu'il t'a
séduite, qu'il t'a trompée et que tu veux revenir à
la foi des anciens Scandinaves, qui a fait des héros
et qui fait en ce moment trembler le monde.

« J'avais reconnu la voix de mon père. C'était
en effet Oldric, mais Oldric armé de toute l'indulgence d'un père. Qui pourrait dire les combats
qui se livrèrent en ce moment entre les sentiments
divers qui bouleversaient mon être. J'aurais été
plus forte si mon père m'eût apparu avec une plus
grande sévérité. Sa douceur me prenait au cœur
et me désarmait pour ainsi dire.

— Roswitha, reprit-il en s'approchant de moi à
pas lents et mesurés, n'est-ce pas que, par curiosité bien naturelle à une jeune fille, tu as bien
voulu consentir à te livrer à une plaisanterie?
N'est-ce pas, ma fille?...

— Ce n'est point une plaisanterie, mon père,
répondis-je; on ne plaisante jamais avec les choses
saintes.

— Roswitha! s'écria Oldric avec colère...

— Je ne suis plus Roswitha; je suis Plectrude

par la grâce du baptême que je viens de recevoir ; je suis chrétienne....

— Tu serais chrétienne ! Cela est-il possible ? Dieux du Walhalla, pardonnez, n'imputez qu'à ce fourbe l'action que ma fille vient de commettre !

— Je ne suis point un fourbe, je suis un prêtre du vrai Dieu, dit Gozlin avec une dignité tranquille ; je n'ai point suborné votre fille ; je l'ai seulement instruite des vérités de la foi, et son âme a été conquise à Dieu.

— Taisez-vous, homme pervers, dit Oldric enflammé de courroux ; je vais rendre compte de votre conduite à qui de droit. Qu'on emmène cet homme, qui a pu oublier qu'il est captif.

— Mon père ! m'écriai-je en ce moment.

— Je te renie pour ma fille, reprit Oldric, à moins que tu ne consentes sur l'heure à abjurer ta nouvelle croyance.

— Non, dis-je ; je suis chrétienne, et je veux, désormais, vivre et mourir dans la foi de Notre-Seigneur Jésus-Christ.

« Pendant cette scène, les nuages s'étaient amoncelés sur nos têtes ; le tonnerre grondait dans l'éloignement ; d'immenses éclairs livides coupaient en deux l'horizon, et semblaient m'ouvrir le ciel, jusque dans ses profondeurs les plus reculées.

Oldric, se promenant, les bras croisés sur sa poitrine, était en proie à un combat pénible. Un coup de tonnerre formidable éclata sur nos têtes.

« Entends-tu Thor qui t'appelle? dit-il d'un ton sombre.

— Non, mon père, lui dis-je; c'est le Dieu de Sinaï qui se déclare en ma faveur, et qui m'approuve d'avoir abjuré.

— Que dis-tu, Roswitha? reprit mon père. Tu blasphèmes; les dieux te puniront de tant d'audace!

— Je ne les crains point, vos dieux de sang!

— Nous verrons si tu tiendras toujours le même langage impie, et si tu persisteras à demeurer dans ta voie de ténèbres.

« Comme il achevait ces paroles, un vent violent, descendant des montagnes avec un roulement affreux, vint éteindre de son souffle les flambeaux de pins et de sapins que portaient les gens d'Oldric; de telle sorte que nous restâmes tous plongés dans la plus complète obscurité, jusqu'à la réapparition de l'astre qu'on a surnommé le flambeau des nuits.

« Cependant Gozlin, le digne prêtre de Jésus-Christ, avait été emmené par ces forcenés. Qu'était-il devenu? Je l'ignorais. Mais je savais que sa vie n'était point en danger, à cause de la forte rançon qu'on en attendait. Mais, depuis, je n'en entendis plus parler. On le fit disparaître de notre tribu, comme un être dangereux, et l'on me dit que je ne devais plus penser à lui. J'y pensais toujours cependant, puisque je le considérais comme mon père spirituel, comme celui qui m'avait ouvert les portes du ciel. J'y pensais surtout en songeant que j'étais repoussée du sein paternel, que tous mes parents ne voyaient en moi qu'une fille dénaturée, que tous les gens de ma nation me regardaient comme une impie.

« Prenant en dégoût cette vie de proscription, je pris le parti d'aller au loin chercher le repos et la liberté de pratiquer ma nouvelle religion. Ne tenant plus à rien dans le pays, je suivis une des tribus qui prenaient le chemin du midi de l'Europe, et je vins ainsi dans vos climats, cachant avec soin mes sentiments religieux, que réprouvaient ces barbares et sanguinaires sectateurs d'Odin.

— Mais, dit Berthe, comment, ma chère Plectrude, avez-vous pu rendre le service signalé qui nous a tirés des mains des bohémiens? Comment vous trouviez-vous parmi eux?

— C'était bien simple, reprit Plectrude; dans

nos pérégrinations à travers la France, j'avais rencontré ces pauvres gens, qui m'offrirent l'hospitalité la plus cordiale : je l'acceptai. J'étais déjà depuis plusieurs jours avec ces braves gens, qui sont aussi de pauvres idolâtres, lorsque j'appris que vous étiez entre leurs mains, que vous aviez pour oncle l'évêque de Paris, mon ancien bienfaiteur, et qu'on avait formé le complot, à l'instigation du perfide Samuel, de vous livrer aux mains des Normands, en échange d'un peu d'or. Cette nouvelle me combla de joie ; je me dis : Il faut que j'aille à Paris prévenir le digne Gozlin ; mais comment ferais-je ce voyage ? Justement la Providence vint à mon aide, et je pus fournir les moyens de vous sauver.

— Et votre père Oldric, dit Berthe, n'en avez-vous plus entendu reparler ?

— Oh ! mon père, il doit être bien vieux, maintenant ! J'ai su qu'il avait pleuré mon départ, comme on pleure une fille qu'on a perdue. C'est un homme au sens droit, au cœur vraiment sensible, bien qu'il soit scandinave, et prêtre scandinave par-dessus tout. S'il connaissait comme moi l'excellence de la religion chrétienne, il redeviendrait mon père, je redeviendrais sa fille. Je serais au comble de mes vœux. Espérons que le

Ciel exaucera quelque jour mes prières, et réunira la fille avec le père. »

Plectrude, faisant un profond soupir, termina là son récit, qui avait puissamment intéressé Berthe.

CHAPITRE NEUVIÈME.

—

MORT DU TRAITRE SAMUEL.— GRANDE VICTOIRE DES PARISIENS.

Combat de Raphaël et de Samuel. — Ce dernier est tué. — Héroïsme du guerrier Gerbold. — Miracle des reliques de sainte Geneviève. — Pressentiments de mort de Gozlin.

—

LE siége continuait toujours, après l'arrivée de la puissante armée commandée par Henri, duc de Saxe. Cet événement avait fait peu de sensation sur les Normands, dont les hordes se recrutaient chaque jour.

Ce jeune prince allemand, trop confiant dans les forces qu'il commandait, crut faire lever facilement le siége de Paris. Il s'avance en plein jour contre les Normands, qui lui tendent des embûches. Ces barbares se tiennent derrière les palissades de leur camp, après avoir couvert le fossé qui les défendait, de branchages légers, de paille et de gazon. Le duc se présente devant eux ; ils le provoquent tellement par l'insulte et la raillerie, que ce général, se laissant emporter par sa fougue imprudente, veut s'élancer dans leur camp, tombe, renversé sous son coursier, dans le fossé profond qu'on avait dérobé à sa vue, et meurt percé de flèches que les Normands lui lancent.

Ses guerriers jurent de venger son trépas et d'arracher son corps à l'ennemi ; une action terrible s'engage dans toute la longueur des deux armées. Les assiégés ne peuvent rester spectateurs oisifs de cette lutte qui a lieu pour leur défense ; ils accourent se mêler à ce combat, qui fut sanglant des deux côtés.

Les Parisiens rentrent avec honneur dans leurs murs ; mais les troupes de Henri de Saxe, découragées par la mort de leur chef et par les pertes qu'elles viennent d'éprouver, s'éloignent de Paris, sans rien tenter de nouveau pour faire lever le siége.

Cependant un nouveau péril allait fondre sur la cité, et mettre à de nouvelles épreuves la constance des assiégés.

11 ҝ

Les eaux de la Seine étaient presque taries par les chaleurs de l'été ; le lit était à peu près à sec ; le cours du fleuve s'était éloigné du mur peu fortifié qui entourait l'île, de manière que les barbares pouvaient l'aborder aisément.

Les guerriers d'Odin, réunissant tous leurs efforts, invoquant tous leurs dieux, traversent subitement la Seine, et montent à l'assaut avec tant d'impétuosité, que déjà les Parisiens peuvent voir les panaches, les casques, et bientôt les corps gigantesques des assiégeants, s'élever au-dessus des créneaux.

Au milieu du tumulte et de la confusion, les Français saisissent leurs armes ; le comte Eudes se hâte de les rassembler et de les guider contre les ennemis qui déjà pénètrent dans la ville.

Alors un guerrier nommé Gerbold, se plaçant comme un rocher à l'entrée d'une des rues principales par où les Normands débouchaient en grand nombre, leur ferme le passage avec son bouclier et son épée. Pendant deux heures, il tient en échec, et tout seul, par son courage et la force de son bras, la furie de plus de six mille barbares. Il renouvelle ainsi l'acte héroïque d'Horatius Coclès, acte si justement célébré dans l'histoire. Mais par là le Romain mérita une statue qui lui fut décernée, et l'immortalité qui accompagnera toujours son nom. Pourquoi le héros qui l'égala est-il oublié parmi nous? Pourquoi les historiens daignent-ils à peine apprendre à la postérité le nom de l'intrépide Gerbold? Paris a-t-il moins que Rome le droit d'illustrer son libérateur, et les Étrusques, repoussés par le bras du Romain, étaient-ils donc plus redoutables que les Normands, dont le guerrier a contenu lui seul tout l'effort?

Les Parisiens, voyant l'ennemi dans leurs murs, ne comptent plus seulement sur leur courage, et c'est du Ciel qu'ils attendent leur salut.

Raphaël et Théodoric, qui ne se quittaient plus depuis qu'ils avaient fait ensemble le voyage d'Allemagne, combattaient côte à côte sur la brèche, pendant ce terrible assaut. Tout-à-coup Raphaël, prêt à lancer un trait, s'arrête, et dit à son jeune compagnon :

« Regardez donc, seigneur ; voyez-vous là-bas dans ce groupe qui se dispose à l'escalade, une de nos anciennes connaissances ?

— Qui donc? fit Théodoric.

— Vous devez vous en souvenir mieux qu'un autre ; il vous a fait un tour qu'on n'oublie jamais.

— Samuel! l'infâme Samuel! s'écria Théodoric.

— Oui, l'infâme Samuel lui-même, reprit Raphaël; il est là, à la tête d'un corps d'arbalétriers; il a tout-à-fait passé aux Normands, pour avoir une occasion d'assurer sa vengeance. C'est nous qu'il regarde en ce moment.

— En effet, son œil ne nous quitte pas, dit Théodoric; je vais lui faire voir que quelqu'un l'a reconnu!

— Attendez! attendez! reprit Raphaël; vous serez plus sûr de votre fait quand il sera parvenu au haut de l'échelle; en attendant, nous pouvons lui verser un peu d'huile bouillante. »

Et, en disant ces paroles, il saisit un vaste chaudron, qu'il vida tout entier sur les assaillants. Samuel, couvert d'un large bouclier, n'en continua pas moins de monter; ni l'huile bouillante, ni la poix, ni les pierres qu'on lui lançait, ne pouvaient arrêter sa marche. Ce fut la hache de Théodoric qui l'arrêta, quand il fut aux derniers échelons.

« Ah! te voilà, double traître! Nous avons à compter ensemble, dit le jeune homme; tu nous as fait assez de mal pour que tu reçoives la punition de tes méfaits.

— Doucement, seigneur Théodoric, dit vivement Raphaël; cette affaire me regarde, si vous voulez bien le permettre. Il faut... »

Mais, pendant qu'il articulait ces paroles, le bouillant Théodoric, prompt comme la foudre, asénait sur le bouclier de Samuel un coup dont celui-ci fut abasourdi pendant un moment. Mais il se remit assez tôt pour lancer à son jeune ennemi un javelot court, mais acéré, qui le mit hors de combat. Le trait, habilement lancé, avait percé de part en part le bras droit de Théodoric. Tandis qu'on s'empresse autour de lui, et qu'on appelle de tous côtés les secours de l'art, Samuel regardait son ouvrage avec une satisfaction qu'il ne cherchait point à dissimuler, et insultait grossièrement à sa victime. Mais Théodoric, qu'avaient entouré les gens de l'évêque Gozlin, était maintenant hors de ses atteintes, et la mêlée avait séparé les deux adversaires.

« A nous deux à présent, lâche coquin! reprit Raphaël; le Ciel veut qu'en cette journée l'un de nous deux périsse, et ce sera toi qui périras, et dont le corps sera la pâture des oiseaux de proie.

— Tu en parles bien à ton aise! s'écria le méchant bohémien; mais sais-tu bien que je suis décidé à ne pas te donner ma vie à bon marché? Faut-il que deux frères,...

— Deux frères !... Nous ne le sommes plus, reprit Raphaël outré de tant d'hypocrisie ; je suis chrétien...

— Ah ! puisque tu es un chien de chrétien, alors j'aurai moins de remords, dit Samuel ironiquement.

— Allons, défends-toi, bandit ; du moins moi je ne te prends pas en traître, comme toi quand tu voulais m'assassiner !

— Ah ! tu te souviens de cela ! dit Samuel toujours avec un ton moqueur ; depuis le temps tu aurais dû l'oublier.

— Oh ! j'ai bonne mémoire et je suis prêt à te le prouver, » reprit Raphaël, et aussitôt il dirige la lance dont il est armé vers le sein de Samuel.

Le combat de ces deux champions mit fin à ce colloque à la manière antique. Tous les combattants qui les environnaient s'arrêtèrent comme s'il se fût agi de deux chefs. Tous deux ils étaient d'une merveilleuse adresse ; tous deux paraient ou évitaient les coups qui leur étaient destinés. On eût dit un de ces assauts d'armes où l'on se dispute le prix de l'escrime. Ils ne reculaient ni l'un ni l'autre, montrant une même intrépidité. Cependant Raphaël était légèrement blessé. La vue de son propre sang, qui coulait à flots de sa tête, ranime son ardeur ; il presse avec une nouvelle furie son adversaire, l'étourdit par la justesse de ses coups, et enfin, l'atteignant en pleine poitrine, il le renverse sur le parapet du rempart, et, s'approchant de lui, l'épée haute, il lui écrie :

« Samuel, avant de rendre à Dieu ton âme coupable, veux-tu abjurer ta religion, qui n'est que superstition et mensonge? Il en est temps encore....

— Non, non, mille fois non ! murmura le bohémin d'une voix mourante.

— Eh bien! meurs comme tu as vécu, s'écria Raphaël en lui donnant le coup de grâce, qui le renversa mort. Cet homme était marqué pour mourir dans l'impénitence finale. Son corps sera dévoré par les corbeaux ; c'est le sort qu'il a bien mérité. »

Le corps de Samuel, qui était tatoué comme la plupart de ses confrères les bohémiens, fut abandonné honteusement sur la grève.

Nous avons dit que, dans cette circonstance critique, les Parisiens n'attendaient leur salut que du Ciel et de leur courage. Aussi les infirmes et les malades se pressent aux abords du puits miraculeux creusé non loin du tombeau de saint Germain, qui lui communiquait, disait-on, sa vertu *. Pendant ce temps-là, des religieux vont chercher solennellement sous les arceaux de la sombre cathédrale la châsse qui renferme le corps de sainte Geneviève, et la promènent autour de la sainte basilique, à la pointe orientale de l'île.

A la vue des reliques de cette illustre bergère, qui, tant de fois, par ses prières, avait protégé Paris, dont elle était la patronne, la confiance des Parisiens se ranime et redouble ; ils repoussent de leur enceinte les phalanges que leurs portes vomissaient par milliers, et font une sortie vigoureuse, dant le but de resserrer les Normands entre la Seine et Paris.

A cette vue, une subite terreur s'empare des Normands ; ils étaient au nombre de trente mille combattants ; ils brisent leurs boucliers et leurs glaives, et couvrent le fleuve de leurs propres cadavres ; mais au-dessus des remparts qui dominent cette mêlée rugissante, les lévites, couverts de leurs tuniques de lin, portent avec solennité les restes de la vierge de Nanterre. Les jeunes filles de Paris vont dépouiller de fleurs les jardins qui ornaient le port aux Colombes et l'île aux Treilles, et font voltiger les feuilles de roses devant ce *pal-*

---

* Voir les notes B et C à la fin du volume.

ladium des Parisiens, devant cette espèce d'arche
sainte, ornée de saphirs et d'émeraudes. A ces
tributs de fleurs, les jeunes élèves de l'Eglise
mêlent avec leurs chants pieux des flots d'encens.

Les enfants, les femmes, les vieillards qui suivent le cortége répètent un hymne à la fois religieux
et champêtre en l'honneur de la sainte patronne :

« Descends du séjour étoilé, divine bergère ;
abaisse tes regards vers les rivages que tes miracles ont rendu fameux, et qui sont toujours
abondamment fleuris, depuis qu'on t'y vit conduire
tes moutons. O toi qui jadis as sauvé nos murs de
la famine et de la guerre ! daigne encore triompher
en ce jour, et que ta houlette disperse les bataillons des Normands, comme elle repoussa l'armée
d'Attila. »

Mais tandis que cette invocation pieuse entretenait l'ardeur des Parisiens, de leur côté les Normands étaient enflammés par les hymnes de leurs
scaldes, par l'espoir des délices du Walhalla, qui
ne s'ouvre qu'aux vainqueurs, et par la crainte des
gouffres de glace où vont languir les âmes des
guerriers sans honneur.

Jamais bataille n'avait été plus affreuse, plus
sanglante que celle qui rougit ce jour-là les murs
de Paris ; le sol trop étroit ne pouvant contenir tous

les guerriers, le fleuve devenait aussi le théâtre de leurs exploits; son cours était traversé par des débris et par des monceaux de morts; bouleversés par cette lutte inouïe, ses flots se débordent au loin en replis onduleux, et festonnent leur double rivage d'une sanglante écume.

Enfin, après des exploits incroyables et une audace vraiment surnaturelle, les Parisiens rentrent dans leur valeureuse cité; ils y rentrent en vainqueurs; ils avaient ôté aux Normands, sinon l'envie, du moins l'audace de venir les assiéger de si tôt dans leurs murs.

En apprenant cette nouvelle, Gozlin, qui avait été blessé quelques jours auparavant, et qui d'ailleurs était miné par une fièvre dévorante, occasionnée autant par les années que par les fatigues qu'il avait prises pendant le siége, s'agenouilla au pied de son lit, et offrit à Dieu le tribut de ses prières et ses larmes de joie.

« Ah! dit-il, je mourrai donc avec la satisfaction de voir mes braves Parisiens maîtres chez eux et vainqueurs des Normands! Merci, mon Dieu; tout ceci est l'œuvre de votre toute-puissance. Faites maintenant que ces barbares s'éloignent pour toujours! Que le nom de Dieu soit partout et éternellement béni! »

Puis Gozlin, qui avait à son chevet des gardes vigilantes, Plectrude et Berthe, demanda des nouvelles des combattants qui l'intéressaient le plus.

« Où est mon cher Théodoric? demanda-t-il avec un vif empressement.

— Mon bon oncle, me voici! s'écria Théodoric en revenant de la bataille.

— C'est bien, mon enfant, dit le vieillard; mais je crois que tu as été blessé; ces bandelettes, ces ligatures annoncent...

— Que j'ai fait mon devoir, mon oncle, comme tous les autres habitants de Paris. C'est ce forcené de Samuel qui, ivre de vengeance, m'a fait une petite estafilade au bras...

— Cet infâme Samuel, dit Gozlin avec horreur, qui avait empoisonné la flèche dont il voulait percer ce pauvre Raphaël....

— Oui, mon oncle, et cette circonstance montra dans tout son jour l'héroïsme chrétien de votre âme.

— Ne parlons plus de cela, reprit Gozlin; mais Raphaël, je ne le vois pas ici; il devrait être avec mes enfants. Ne l'ai-je pas adopté? Que lui est-il arrivé? Parlez, parlez vite.

— Mon oncle, ne craignez rien pour lui; non-seulement il a tué Samuel, l'infâme qui combattait dans les rangs des Normands, mais encore il s'est conduit en héros pendant toute la bataille, se trouvant dans tous les endroits les plus menacés et prêtant main forte aux corps les plus dangereusement postés. On peut dire qu'après Dieu, sainte Geneviève et saint Germain, qui nous ont assuré la victoire, c'est Raphaël qui, par son intrépide exemple, a donné l'impulsion à nos braves, et a souvent entraîné leurs bataillons à la rencontre de l'ennemi. Il est en ce moment à la poursuite des fuyards; sans quoi vous le verriez ici.

— C'est un brave jeune homme, dit l'évêque; je veux le recommander au comte Eudes, la première fois que je le verrai.

— Le comte Eudes l'a déjà remarqué, reprit Théodoric avec chaleur; on ne trouve pas des hommes de cette valeur bien communément. Aussi l'a-t-il nommément chargé de poursuivre les fuyards, afin d'assurer et de compléter la victoire. J'ai entendu dire de mes propres oreilles que Gerbold et Raphaël étaient sans contredit les héros de cette journée.

— Théodoric, le feu avec lequel tu parles des exploits de ton ami me fait plaisir, dit le vieux Gozlin; il est d'un heureux augure pour ton avenir.

— Mon oncle, je tâcherai toujours de faire mon devoir, dit le jeune homme en rougissant légèrement; de cette façon, je n'encourrai point le moindre reproche.

— Théodoric, loin de là ; tu sauras mériter les éloges de tes frères d'armes, et tu obtiendras l'auréole de la gloire.

— La gloire ! la gloire ! fit Théodoric en regardant son oncle, ne m'avez-vous pas dit cent fois que ce n'était que de la fumée?

— Oui, mon cher neveu, et je le dis encore, la gloire, et surtout la gloire guerrière, qui fait tant de fracas, n'est qu'une vaine fumée. Mais, au point de vue de la politique qui gouverne les peuples, il est peut-être utile de nourrir, d'entretenir cet esprit belliqueux. C'est cet esprit qui a rendu si redoutables les Normands que nous avons à combattre.

— Ils ne sont redoutables que parce qu'ils sont barbares, dit Théodoric.

— C'est vrai ; mais enfin ils n'en sont pas moins à craindre. C'est l'esprit du féroce Odin qui les anime, et qui leur fait entreprendre de grandes choses.

— Oui, ils possèdent à fond l'art de détruire. Mais demandez donc à ces barbares d'élever autant de villes qu'ils en mettent à feu et à sang !

— Patience, mon neveu, dit le vénérable évêque, en se recueillant ; patience ! Ces peuples n'ont pas encore accompli leur destinée. Que savons-nous ? Les Normands, qui causent aujourd'hui tant de maux et de tourments, sont peut-être appelés à faire un jour la gloire de la France. Ce peuple se transmet de génération en génération des chants qui témoigne de son héroïsme. Mais ces chants sont pleins de sentiments autorisés par une morale atroce, qui, comparée avec la morale si douce, si bienveillante du christianisme, n'en ressort que plus horrible. Remarquez, mes enfants, ceci est le résumé des maximes de ce peuple héroïque, dont le chef, Odin lui-même, se donna volontairement la mort. Les Normands forment un peuple de guerre et de rapines ; il volera sans cesse au combat et au pillage jusqu'à ce que Dieu, qui change les cœurs à sa volonté, change aussi ceux de cette nation.

— En attendant, s'écria Théodoric, les Normands continueront à tuer, à piller, à se livrer à toutes les horreurs possibles. C'est une aimable perspective !

— En attendant, reprit Gozlin, vous les vaincrez sur les champs de bataille, parce que vous, hommes civilisés, vous avez sur eux le grand avantage de la discipline. Mais, je vous en avertis, la victoire ne vous appartiendra réellement que lorsque vous aurez dompté par la religion ces natures indomptables. Convertissez les Normands, et alors, mais seulement alors, vous les aurez vaincus. Je ne pourrai voir l'effet de ma prédiction ; mais je la crois fondée sur le vrai, et je m'endormirai du grand sommeil avec cette douce espérance.

— Ainsi soit-il ! dit Théodoric en assurant sur ses reins le ceinturon de son épée.

— Mon bon oncle, dit Berthe d'une voix douce comme celle des anges, il me semble que vous avez parlé bien longtemps, et qu'un peu de repos....

— Ma fille, je me reposerai bientôt... et pour toujours. Je sens que mes travaux sont finis. Dans peu de jours, il me faudra rendre compte de ma vie au grand juge à qui l'on ne peut rien cacher.

— Le plus tard possible, mon bon oncle. Seriez-vous las de vivre avec nous ?

— Non, sans doute, mon enfant, reprit Gozlin ; mais il faut toujours être prêt pour le grand départ, et dire avec confiance : A la volonté de Dieu ! »

CHAPITRE DIXIÈME.

***

MORT DE L'ÉVÊQUE GOZLIN.

L'évêque se prépare à mourir saintement. — Ses adieux prophétiques. — Ses recommandations à son grand-vicaire Auscheric. — Ses derniers instants.

***

CEPENDANT l'évêque se sentait décliner rapidement. Sa blessure, ses fatigues lui avaient porté le dernier coup. Il ne se le dissimulait point, et voyait avec sérénité s'approcher son dernier jour, s'occupant avec la même sollicitude du troupeau que Dieu avait remis entre ses mains.

Dans ces derniers jours, Berthe et Théodoric ne quittaient point sa chambre. Un pressentiment pénible les avertissait du malheur qui planait sur

Berthe, Chap. V.

Convertissez les normands sous les autrez Nations

leurs têtes. Ils allaient devenir orphelins une seconde fois !

Plectrude était toujours là ; elle prétendait que
c'était son poste d'honneur ; elle le prétendait surtout par reconnaissance ; car elle ne pouvait de la
vie oublier que Gozlin lui avait ouvert les yeux à
la lumière, et qu'elle était pour ainsi dire sa fille
en Jésus-Christ. Bien que presque aussi âgée que
le digne évêque, elle le soignait avec des attentions qui n'étaient égalées que par celles de
Berthe.

Le manoir de l'évêque, naguère le centre de
toutes les opérations, et d'où partaient à chaque
instant des ordres pour la défense de la place,
était alors bien différent. Au calme qui régnait
aux abords, à la solitude presque complète qu'on
remarquait à l'intérieur, on eût dit une maison
abandonnée. Il ne restait dans le manoir que
quelques personnes qui y étaient retenues par les
liens du devoir ou de l'affection. Le manoir épiscopal, en ce moment, ressemblait, par son morne
silence, qui n'était troublé que par les pas traî-
nants de quelques pauvres, au cloître le plus
austère.

Cependant, il se fait un mouvement extraordinaire sur la place du Parvis. Le populaire s'at-

troupe avec un air curieux. Le voisin demande à son voisin de quoi il s'agit.

« Mais c'est le comte Eudes, venant, en grande cérémonie, faire visite à notre pauvre évêque, qui est bien mal, à ce qu'on dit. »

Telle était la réponse qui sortait de toutes les bouches, et partout on se faisait une fête de saluer, à son passage, le comte de Paris.

En effet, quelques instants après, on entendit retentir de bruyantes et universelles acclamations :

« Vive le comte Eudes ! vive le comte Eudes ! »

Bientôt le comte Eudes parut, monté sur un beau coursier blanc à tous crins, et vêtu d'une magnifique cotte d'armes.

C'était un homme d'une trentaine d'années, de fort bonne mine, maniant son cheval avec la bonne grâce la plus remarquable. Il salua avec bonté le peuple qui l'acclamait ainsi, et continua son chemin, suivi de ses principaux officiers, qui lui ouvraient un passage à travers la foule. Partout les mêmes *vivat* le suivirent jusqu'au manoir de l'évêque. Le bon peuple de Paris avait pris ce comte en affection, non-seulement à cause de sa bonne mine et de son adresse à manier les armes, mais encore à cause de la bravoure qu'il avait déployée contre les Normands. Ayant appris la gravité de la maladie de Gozlin, qui l'avait si bien secondé de ses avis et de sa personne, il profitait du départ des Normands pour venir lui apporter de consolantes paroles et lui exprimer les vœux que toute la population faisait au Ciel pour son rétablissement. Il fit donc son compliment dans cet esprit à l'évêque Gozlin, qui, malgré son extrême faiblesse, se montra encore sensible à cette démarche du comte.

« Mon âge, cher comte, dit-il d'une voix presque éteinte, m'empêche de songer sérieusement à me rétablir. Il faut, au contraire, s'occuper de mon prochain départ. Le Seigneur m'appelle, et je serai heureux qu'il daigne me recevoir dans son paradis.

— Monseigneur, reprit le comte Eudes, peut-être n'est-il pas temps encore, et vous pourrez enfin jouir du départ de nos-féroces ennemis, qui aura été en grande partie votre ouvrage.

— Nullement, comte ; c'est Dieu qui a tout fait ; c'est à lui qu'en revient toute la gloire.

— Sans doute, rendons grâces à Dieu ; car c'est de lui que viennent tous les succès. Mais nous devons aussi reconnaître que l'instrument qu'il a employé....

— Cet instrument, cher comte, est en train de

se briser, je le sens bien. J'approche du moment
décisif.... Mais, avant de mourir, j'ai la joie de
vous avoir vu; car je veux vous recommander un
homme qui a mérité mon estime et mon admiration.

— Vos paroles le recommandent suffisamment,
monseigneur; mais vous vivrez assez pour le récompenser vous-même.

— Pas d'illusions! Il ne faut pas se leurrer.
Dans quelques jours, peut-être même dans quelques heures, ce sera un sacrifice consommé.

— Allons, allons, pas de découragement! reprit
le comte avec douceur; mais dites-nous le nom
de votre protégé. Il faut que nous le connaissions.

— C'est Raphaël, dit Gozlin avec effort. Raphaël était, dans l'origine, un pauvre bohémien
fort ignorant, mais doué de bons instincts. Par la
grâce de Dieu, j'ai pu en faire un bon chrétien,
et vous avez ouï parler de sa vaillance pendant
le siége.

— Certes, répondit le comte; j'ai su qu'il avait
fait office de guerrier et de chef accompli. Je m'engage à le récompenser de ses beaux faits d'armes,
et, en attendant, je lui donne le commandement
de la troupe bleue, dont nous avons à regretter le
valeureux chef. Raphaël le remplacera bien....

Mais j'ai lieu de croire que les Normands ne reviendront pas de sitôt nous tourmenter, et....

— Votre croyance à cet égard, dit Gozlin, d'un accent prophétique, vous laisserait dans une perfide sécurité. Les Normands reviendront, soyez-en sûr, et prenez des dispositions en conséquence.... Je vois, dans très-peu de temps, les barques normandes remonter le cours de la Seine ; je les vois vomir plus de combattants que nous n'en avons vu encore sur ses bords. Ces hommes, si cruels et si nombreux, se recruteront de tous les hommes à qui conviennent le pillage et les cruautés. Avides et rapaces comme des bêtes fauves, ou comme des oiseaux de proie, ils viendront s'abattre encore dans nos champs, et faire le siége de nos villes. Ils ont pris goût à notre sol, ils en connaissent le chemin : ils y reviendront, n'en doutez pas, cher comte. Je ne les verrai pas ; le Ciel m'épargnera la douleur de les revoir assiégeant nos murs avec la rage de vainqueurs sans merci. En vain votre valeur les contiendra, les refoulera même ; ils reviendront comme les flots de la mer qu'apporte le reflux. Hélas ! je prévois de biens mauvais jours pour mon pays ! Il devra subir des horreurs inouïes jusqu'à ce jour. Je ne vois qu'une seule digue capable d'arrêter ce torrent : c'est la religion chrétienne, qui seule peut, en s'emparant des âmes de ces barbares, les rendre doux comme des agneaux et les amener à se dépouiller des sentiments inhumains qu'ils ont sucés avec le lait de leurs mères, à l'école des Scandinaves. Mais, pour cela, il faudrait un miracle du Ciel. O secourable Geneviève ! douce vierge de Nanterre, puissant appui des Parisiens, vous n'abandonnerez pas votre troupeau à la rage des loups dévorants. Je vous en supplie, aujourd'hui, grande sainte, priez en leur faveur celui qui sait remettre toutes choses dans l'ordre qui convient; je vous en conjure aussi, douce Reine des anges, constante consolatrice des affligés, unissez-vous à la vierge que vous aimez, et consommez toutes deux la grande œuvre que je sollicite de vous avec tant d'ardeur.

— Monseigneur, reprit Eudes, nous ne le verrons pas plus que vous, il faut l'espérer... D'ailleurs, s'ils revenaient, ajouta-t-il en posant d'un air martial sa main droite sur le pommeau de son glaive, je leur apprendrais de nouveau ce que pèse mon épée; et puis, à la grâce de Dieu !

— Oui, à la grâce de Dieu, dit Gozlin, cela est bien dit; car, vous le savez, votre épée, toute vaillante qu'elle est, ne saurait atteindre tous les barbares. C'est leur nombre qui est menaçant; car il égale presque celui des grains de sable de la mer.

— Seigneur évêque, dit le comte Eudes, j'ai pris toutes les mesures de précaution que vous aviez indiquées; nos postes sont debout et armés comme si l'on craignait une surprise de l'ennemi. Nous l'attendons de pied ferme; les tours et les ponts sont gardés. Au premier signal, nous serons prêts au combat; l'esprit du peuple est excellent: il l'a prouvé ces jours-ci. Vous le voyez, nous ne nous abandonnons pas; espérons que Dieu sera avec nous.

— Je vous le souhaite, cher comte; vous le méritez bien, sans doute, ainsi que ce peuple héroïque, qui, tôt ou tard, placera sur votre front le bandeau royal, dont vous paraissez vous soucier fort peu, mais qui n'en brillera que mieux sur votre tête.

— Vous ne verrez pas cela, seigneur Gozlin; je connais mes devoirs, et je sais respecter ce qui appartient à autrui.

— On sait cela; car, depuis longtemps, vous seriez roi, si vous l'aviez voulu; mais il est d'impérieuses circonstances où la vacance du trône est une calamité pour les peuples; les peuples alors font entendre leur voix , qui devient celle de Dieu, et...

— Je saurai, je l'espère, résister à de pareils
entraînements. Elle me semblerait bien pesante
et bien douloureuse une couronne que je ne tien-
drais pas de mon bon droit... Adieu, seigneur
Gozlin ; je reviendrai vous voir, quand les soins du
commandement me le permettront. Puissiez-vous
bientôt venir vous-même soutenir, par votre présence et vos utiles conseils, notre milice pari-
sienne, qui ne respire que les combats.

— Le peuple de Paris est bon, répondit l'é-
vêque ; il est brave au-delà de toute expression ;
je l'aime comme un père aime ses enfants. Mais
l'on ne me verra plus au milieu de lui. Je m'af-
faisse de moment en moment, tout en vous parlant. Déjà mes yeux s'obscurcissent au point que
je ne peux plus vous distinguer... Ce n'est qu'à
grand'peine que vos paroles arrivent à mes oreilles... Les extrémités sont déjà glacées par le froid
de la mort. Dans quelques instants peut-être ,
j'aurai franchi le terrible passage que redoute le
pervers... Adieu , mon ami... Adieu. »

A ces paroles, prononcées d'un ton bref et sac-
cadé, le comte Eudes se détourna pour essuyer
une larme qu'elles lui arrachaient, et il se hâta
de s'éloigner avec toute sa suite.

A son apparition sur le Parvis, les mêmes acclamations se renouvelèrent, et remplirent les échos de la place :

« Vive le comte Eudes ! vive notre brave gouverneur ! »

Mais, pour se soustraire à cette bruyante ovation, le comte s'empressa de traverser la place, et prit le chemin du Petit-Châtelet, où il faisait sa résidence.

Cependant le bon évêque Gozlin avait senti les approches de l'agonie. Il fit appeler Anscheric, son grand-vicaire, et, mettant sa bouche à son oreille, il le pria de faire dire pour lui les prières des agonisants, et demanda encore les secours de la religion, c'est-à-dire ces sacrements qui communiquent au chrétien une force d'âme que rien ne pourrait suppléer.

Aussitôt, par les ordres du prêtre, la chambre de l'évêque est convertie en chapelle. On improvise un autel avec le luminaire indispensable. Le saint-ciboire est apporté de l'église, escorté de plusieurs clercs en surplis. Tous les assistants fondaient en larmes. Théodoric, Berthe, Plectrude et le néophyte Raphaël lui-même éclataient en sanglots qu'ils avaient beaucoup de peine à contenir. Le grand-vicaire Anscheric, revêtu de son étole sainte, procéda à la double cérémonie qui lui était demandée. Elle fut imposante et digne.

L'évêque Gozlin, incapable de se soutenir sur son lit, mais soutenu par Théodoric et Raphaël, s'agenouilla un moment ; mais, ne pouvant garder cette attitude, il se recoucha, et joignit ses prières à celles du prêtre.

Cette cérémonie fut célébrée de la manière la plus édifiante. Le silence du lieu, la clarté funèbre qui y régnait, la sérénité du mourant, la tristesse empreinte sur tous les visages, lui donnaient un caractère particulier et qui avait quelque chose d'auguste, surtout quand le prélat, soulevant avec peine son bras droit sur l'assistance, prononça ou plutôt commença d'une voix éteinte ces paroles qui décelaient le fond de son âme :

« Que Dieu bénisse mon cher troupeau, qu'il protége toujours la France ! »

Puis Gozlin s'affaissa sur lui-même. Il avait cessé d'exister ; sa vie s'achevait comme il l'avait toujours désiré, dans l'accomplissement des saintes pratiques de la piété et des devoirs du chrétien.

Le grand-vicaire Anscheric s'approcha du lit mortuaire ; il ferma les yeux du prélat avec un respect religieux, et, se mettant à genoux près de lui, il prononça les dernières prières, et fit signe à tous les assistants qu'ils pouvaient se retirer.

Il ne resta dans la chambre mortuaire que Théodoric, sa sœur Berthe, la vieille Plectrude et Raphaël, tous quatre en proie à une profonde douleur.

CHAPITRE ONZIÈME.

FUNÉRAILLES DE L'ÉVÊQUE DE PARIS.

Son successeur prononce son oraison funèbre. — Retour des Normands. — Traité honteux que l'empereur Charles le Gros conclut avec ces barbares.

Le corps du prélat, embaumé d'après les procédés connus dans ce temps-là, fut déposé dans une chapelle ardente, et exposé aux regards et à la vénération des fidèles pendant huit jours. Puis, conformément aux ordres donnés par Gozlin lui-même, on procéda à ses funérailles.

C'était un jour de deuil pour toute la cité, que le jour où son premier pasteur, dont la mémoire était si chère, depuis tous les services qu'il avait rendus à son troupeau, allait prendre place dans le caveau funèbre où l'attendaient ses prédécesseurs.

Le tintement lugubre des cloches de la basilique, l'air morne et désolé qui se faisait sentir aux abords de la cathédrale, et plus encore la douleur qui régnait dans tous les cœurs, annonçaient une calamité publique ; car c'en était une véritablement que la perte d'un évêque comme Gozlin, qui était le père des pauvres et le zélé défenseur de tous les habitants de Paris.

Bientôt le cortége sort du manoir épiscopal, autour duquel étaient rassemblés des habitants de tous les quartiers, hommes, femmes, vieillards, enfants, réunis là pour assister aux funérailles, comme si la ville, en perdant Gozlin, eût perdu en lui ce qu'elle avait de plus cher.

Une troupe de la garde bourgeoise ouvrait la marche du convoi. Ils portaient leurs arbalètes baissées. Leurs tambours, couverts de longs crêpes, ne faisaient entendre que des sons lugubres, et on voyait l'abattement peint sur les traits de ces braves gens, qui avaient, pendant les horreurs du siége, tant de fois affronté la mort sans changer de visage.

Après cette troupe venait tout le clergé de Paris,

avec les bannières voilées, et chantant en faux-
bourdon les psaumes de la Pénitence. Ce chant
monotone et lugubre faisait entrer la douleur plus
avant dans tous les cœurs.

Enfin venait le corps du défunt, porté par de
jeunes et vigoureux lévites du Seigneur, qui
avaient revendiqué cette triste faveur. Les cierges
allumés, la pieuse psalmodie des prêtres, l'objet
lui-même de la cérémonie en augmentaient encore le deuil, si c'était possible. Une foule com-
pacte de femmes et de jeune filles, vêtues de robes
blanches et priant avec larmes, marchait après le
clergé.

Enfin, le comte Eudes, monté sur un cheval
noir, et à la tête de toutes les troupes de volon-
taires formant la garnison de Paris, venait aussi
rendre les derniers devoirs à celui qui avait été son
évêque, son coopérateur le plus zélé, son ami.

Le corps fut conduit sous la nef de la cathédrale, où l'attendait un immense catafalque tout
tendu de noir, ainsi que le reste de l'église; tout
autour brillaient des milliers de bougies allumées,
et l'on commença l'office des morts sur-le-champ.

Anscheric, qui venait d'être nommé pour suc-
céder à Gozlin, fit la cérémonie de l'absoute, et
quand, d'une voix grave et sonore, il articula ces

paroles : *Absolve, quæsumus, Domine*, les sanglots,
jusque-là contenus, emplirent le vaisseau de l'é-
glise. Des paroles entrecoupées se faisaient entendre de toutes parts.

« Ah! Seigneur, donnez, nous vous en conju-
rons, donnez une place à Mgr Gozlin dans votre
paradis, disaient un grand nombre de voix.

— Prions, prions pour lui, disaient les autres ;
Dieu est juste, il connaît toutes les bonnes actions
de notre évêque; il l'en récompensera. Gloire,
gloire à Dieu ! »

Ainsi éclatait la reconnaissance de ce bon
peuple pour les bienfaits du brave Gozlin. Il savait
qu'il est une autre vie au-delà du tombeau, où l'on
reçoit la couronne ou la punition.

Tandis que le corps était toujours sous le catafalque, Anscheric s'approcha, le bénit, et prit
encore la parole pour prononcer quelques mots
d'adieu.

« Vénérable prédécesseur, dit-il d'une voix
émue, vous emportez dans la tombe les regrets
de toute une population que vous avez secou-
rue, et vous jouissez, dès à présent, il faut l'espérer du moins, du bonheur du ciel comme des
bénédictions de la terre.

« Gozlin, continuez à veiller sur votre troupeau.

Ses épreuves ne sont peut-être pas terminées ; les Normands, d'un moment à l'autre, peuvent reparaître sur nos rivages. Unissez vos prières à celles de notre sainte patronne, qui put éloigner le terrible Attila, et conjurez-la de faire encore un effort pour sa ville bien-aimée, pour la ville qui n'oubliera jamais qu'elle lui doit sa conversion. Reposez en paix, vénérable Gozlin, allez rejoindre dans ce funèbre caveau, où je dois aussi descendre un jour, les Denis, les Marcel, les Germain, les Landry, les Agilbert, les Hugues, et les autres saints évêques qui vous ont précédé sur le siége de Paris, et qui, comme vous, ont laissé de précieux souvenirs dans le cœur du peuple. Adieu donc, bon évêque et vertueux ami ; adieu ! ˙ »

Après cette courte oraison funèbre, la foule s'écoula au milieu d'une légère rumeur qui semblait imprimer une terreur universelle, et accroître pour ainsi dire le deuil de toute la population. On venait d'apprendre le prochain retour des Normands, et l'on s'épouvantait d'avance de leur audace et de leurs cruautés, à présent que le plus solide défenseur de la ville était là couché dans la tombe.

˙ Voir la note C à la fin du volume.

En ce moment, des troupes allemandes apparaissent sur la place du Palais. C'étaient celles de l'empereur Charles le Gros, qui était devenu aussi roi de France au préjudice de Charles le Simple, et qui réunissait sous son sceptre autant d'états que Charlemagne. Mais, ainsi que la suite le prouvera, ce roi était trop faible pour une si grande fortune ; elle devait l'accabler.

Cet empereur donc venait à la tête d'une armée pour secourir Paris. On criait partout *Noël* aux troupes allemandes ; les Parisiens, dont les impressions ont toujours été si vives, se livraient à l'allégresse, et croyaient qu'il leur arrivait des libérateurs. Mais leur salut ne devait venir que d'un autre côté.

En effet, au lieu d'exterminer les Normands, comme on l'avait espéré, Charles le Gros, sans avoir combattu, fit avec ces barbares un traité honteux ; ils consentirent à s'éloigner à condition qu'on leur remettrait, dans un délai fixé, sept cents livres d'argent et des terres chez les Bourguignons, qui se montraient rebelles à l'autorité de l'empereur.

On ne saurait trouver des paroles assez énergiques pour exprimer quelle fut, à cette nouvelle, l'indignation de tous les Parisiens, qui, désavouant

13 K

hautement leur empereur, versaient des pleurs de rage.

« Comment! se disaient-ils, en serrant les poings et en grinçant des dents, un pauvre prêtre, un évêque, avec son seul courage, a bien pu soutenir le nôtre si longtemps, et imprimer la terreur à nos ennemis, et cet empereur, avec sa puissante armée, consent à faire un traité qui est plus à sa honte qu'à la nôtre! Que l'infamie en retombe tout entière sur lui! Ah! nous voyons bien aujourd'hui que notre digne évêque est descendu tout entier dans la tombe. Il ne nous reste plus qu'à nous inspirer de ses souvenirs. Qu'aurait-il fait en cette circonstance? Oh! pour sûr, il n'aurait jamais voulu traiter à ces conditions humiliantes. Il aurait combattu; combattons! »

Ces plaintes, fermentant dans des cœurs ardents, s'aigrissant de plus en plus, montèrent l'opinion publique contre les Normands et contre l'empereur qui avait si lâchement traité avec eux.

On reprend les armes qu'on venait à peine de déposer, on invoque le comte Eudes, et l'on est prêt à marcher sous ses ordres, tandis que les Normands, s'autorisant du traité conclu avec l'empereur, se mettent en devoir de prendre possession de la Bourgogne, abandonnée à leur fureur, et se disposent à remonter, en conséquence, le cours de la Seine, et à passer sous les ponts de Paris.

Mais la garnison de cette ville, qu'inspire le comte Eudes, refuse ce passage, en protestant que le traité ne s'expliquait point à cet égard. Les Normands persistent dans leur dessein, et, à force de rames, ils font avancer vers les ponts leurs huit cents barques ; mais alors ils sont assaillis par une grêle de traits et de pierres. Ébole perce d'une flèche le pilote de la flottille, et bientôt le désordre se met dans leurs embarcations, dont plusieurs chavirent sous les murs de Paris.

Les Normands, contraints de céder, entreprennent alors de transporter leurs barques par terre, et de gagner l'extrémité méridionale de l'île. Après de longs travaux, ils parviennent à traîner leurs barques sur des roues et des machines construites à grands frais. Mais quand ils voulurent monter sur leurs bateaux, les Parisiens firent une sortie en disant :

« Ces barbares s'embarquent trop près de nos foyers ; ne souffrons pas que les ondes qui baignent nos remparts inviolables portent les nefs de nos ennemis. »

Cette décision énergique double le courage des Parisiens ; ils repoussent les Normands, et ceux-ci, forcés de traîner plus loin leurs bâtiments, ne purent les mettre à flot qu'à plus de deux lieues de Paris.

Toutefois, une partie des assiégeants étaient restés autour de la place, attendant qu'on leur comptât la somme stipulée pour leur éloignement; mais, cette fois, ils comptèrent sans leur hôte, comme dit le proverbe.

Celui qui leur avait promis cette somme, le faible Charles, s'éloigne tout honteux de la cité qu'il a méconnue, et dans toute la France, qu'électrisait l'héroïsme des Parisiens, il trouve partout le silence du mépris, au lieu des acclamations qui saluent ordinairement un pouvoir fort. Ses sujets fuyaient sa présence ; nul courtisan ne vint honorer son passage. C'est bien là le signe manifeste d'une déchéance absolue. Peu de temps après, Charles le Gros est déclaré incapable de régner, dans l'assemblée générale de la nation. Sans asile, sans serviteur, sans vêtements et quelquefois même sans pain, cet empereur, qui pouvait commander presque à toute la chrétienté, fut chassé de son palais et réduit, en moins de trois jours, à mendier son pain sur un fumier. « Et puis, s'écrie à ce sujet un vieil historien [*], et puis, ô têtes couronnées, qui vous élevez jusqu'au ciel! fiez-vous à un trône qui dépend de l'inconstance de vos sujets! Et puis, vous que le bonheur emporte avec tant de rapidité, estimez-vous heureux, ayant toujours à craindre un semblable revers! »

Tel fut le sort du descendant de Charlemagne. Dieu en eut pitié : deux mois après cette dégradation, il mourut. Il faut dire à sa louange que, dans le pitoyable état où il était tombé, il se montra plus généreux qu'il n'avait jamais été dans l'éclat de sa grandeur et de sa puissance; il ne lui échappa aucun murmure de sa chute.

Il n'est pas besoin de dire que nos amis Théodoric et Raphaël, dans cette dernière rencontre avec les Normands, ne restèrent point au-dessous de l'idée que nous avons fait concevoir de leur valeur. Raphaël, d'une adresse extraordinaire, fit tomber sous ses flèches, qui ne manquaient jamais le but, un grand nombre de chefs normands, et mérita d'être remarqué par les services qu'il rendit. Théodoric, plus exercé à combattre corps à

---

[*] Mézeray, *Histoire de France.*

corps, fit de notables exploits avec sa hache d'armes, et inquiéta beaucoup l'ennemi dans le transport de ses barques. Le comte Eudes était satisfait de sa bouillante valeur; mais il se plaignait souvent de cette témérité qui ne craignait rien, et aurait voulu plus de prudence. Du reste, il aimait à considérer Raphaël et Théodoric comme les deux meilleurs officiers de son armée, et sa préférence à cet égard était si bien fondée, que personne n'en murmurait.

Mais nous allons bientôt nous arrêter à un événement qu'avait pressenti l'évêque Gozlin avant de mourir, événement qui prouve bien la mobilité du peuple de Paris, et qui n'a pas manqué d'imitations dans la suite de notre histoire. Maintenant, occupons-nous de nos héros.

CHAPITRE DOUZIÈME.

RAPHAEL ET LES COMMENCEMENTS DE SA VIE.

Récit du bohémien Raphaël. — Sa mère Alméïda ; son affection et son dévouement pour elle. — Il contribue à sauver le jeune héritier du trône de Bohême. — Mort chrétienne d'Alméïda.

Depuis les derniers faits de la guerre, Théodoric avait voué à Raphaël un attachement véritable, et celui-ci s'en montrait digne à tous égards. Ils étaient unis comme de vieux amis, comme deux frères. Cependant Théodoric ne savait de l'histoire de Raphaël que ce qui s'était passé sous ses yeux. Il désirait vivement connaître le reste de la vie aventureuse de son frère d'armes.

Il avait plusieurs fois été sur le point de lui en ouvrir la bouche; mais, pendant le siége de Paris, les moments étaient si occupés, si bien remplis par des soins de première urgence, que le loisir lui avait manqué pour cela.

Un jour, donc, il posa nettement la question, et Raphaël s'empressa d'y répondre :

« Seigneur Théodoric, vous paraissez désireux de connaître mon histoire. Mais cette histoire, comme celle de tous les enfants de la Bohême, est bien simple, bien nue, bien dépourvue d'attraits. C'est celle d'un pauvre enfant de la nature. Néanmoins, je vais vous satisfaire.

« Je ne connus jamais mon père. On m'a dit qu'il avait bravement péri dans un combat. Paix à ses cendres ! Toutefois, ce qui ne laisse pas que de le recommander à ma mémoire, c'est que ma mère le regretta longtemps, et il fallait avoir une belle âme pour mériter les regrets d'Alméïda.

« Ma mère était affectueuse et tendre comme Agar, dont il est parlé dans l'histoire d'Abraham. Elle m'élevait avec un soin que n'ont pas pour leurs enfants tous les pharaoni. Je devenais, sous ses yeux, adroit à tous les exercices du corps. Lancer des pierres avec la fronde, courir après les jeunes daims des forêts, grimper à un arbre, avec l'agilité du chat sauvage, pour y enlever quelque nid, tels étaient les plus doux passe-temps de mon enfance.

« Dans la suite, j'acquis quelque renommée dans ma tribu. Mais cette renommée me valut des haines envieuses, dont la trahison de Samuel n'est qu'un exemple. Je serais d'une fatigante mono-tonie, si j'entreprenais de rapporter tous les faits de ma jeunesse, qui se trouvent résumés dans celui-là.

« Ma mère, la bonne Alméïda, savait tout ce que me valait ma réputation; mais elle n'en était que plus fière de moi. Un jour, elle me dit d'un air mystérieux :

— Raphaël, as-tu de la résolution?

— Mère, lui dis-je, vous savez bien que tout ce que vous me commanderez, je le ferai, ou je saurai mourir en tentant de le faire.

— Mon enfant, prends ton arc, tes flèches, ton coutelas, et suis-moi.

« Nous étions alors dans une contrée de l'Alle-magne voisine de la Bohême. Nous marchons quelque temps à travers des monceaux de neige épaisse et glacée. Nous avancions toujours, l'o-reille au guet, lorsqu'une forme légère passa près de nous, et je distinguai ces mots prononcés à voix basse :

— N'allez pas plus avant : tâchez de descendre promptement dans cette sorte d'abîme qui s'ouvre à vos pieds. C'est là que vous saurez des nouvelles de celui que vous cherchez.

« A peine ces mots sont-ils prononcés, que la mystérieuse apparition s'évanouit comme un léger fantôme. Ma mère me montre le chemin de l'abîme, qu'une lueur obliquement jetée sur ce point, par la lumière de nos torches, nous indiquait faiblement. Le premier, je descends en hâte ; ma mère me suit sans hésiter ; après les plus pénibles efforts pour ne pas être précipités, et ne pas arriver brisés au fond du gouffre, nous l'atteignons enfin, sains et saufs.

« Dans l'espèce d'entonnoir où nous nous trouvions renfermés, une ouverture se faisait remarquer, assez haute et assez large pour donner passage à un homme, et paraissant être l'entrée d'une caverne naturelle.

« Nous pénétrons dans la caverne, et nous nous trouvons sous une voûte obscure. D'énormes chauves-souris, qui ont fait de ce sombre lieu leur asile, troublées par le bruit de notre introduction dans ce nocturne repos d'hiver, qui succède chez elles aux agitations de leurs nuits d'été, se mettent à voleter lourdement sous cette voûte, et, dans leurs mouvements incertains, viennent parfois raser, de leurs ailes difformes et velues, le visage des hôtes incommodes qui les forcent à sortir de leur sommeil, et accueillent notre arrivée par un cri aigu de colère et d'effroi. Cependant, peu à peu cette agitation cesse, les oiseaux de nuit regagnent leur gîte habituel, en se suspendant aux aspérités de la voûte, et tout rentre dans le silence.

« Une atmosphère chaude et humide nous enveloppait comme d'un invisible voile de brouillard ; cette humidité pénétrait nos vêtements et nous-mêmes, et il nous semblait que de moment en moment l'air vital diminuait. Bientôt, une sorte de torpeur succédant à cette sensation, qu'accompagnait un vertige pénible, nous cherchâmes, par un instinct naturel de conservation, à nous rapprocher de l'ouverture de la caverne, dans la pensée d'aspirer, un moment, l'air du dehors ; mais, en y arrivant dans les ténèbres, nous nous aperçûmes qu'elle était bouchée hermétiquement par un amas de neige, formé par le vent sans doute. Cette circonstance, qui pouvait devenir mortelle pour nous, nous mit dans une cruelle perplexité. Car, quelques moments de plus , et nous expirions assurément par l'effet d'une affreuse asphyxie.

« Ce dernier danger , le plus certain , le plus pressant, nous détermina ; avec toute la précaution possible , je me mis à déblayer l'entrée de la caverne des neiges qui l'obstruaient. A peine étais-je parvenu à faire une trouée à l'extérieur , qu'un éclat subit de lumières vint frapper nos yeux ; et nous reconnûmes que plusieurs personnes descendaient précipitamment la pente de l'abîme , portant une torche de résine qu'ils agitaient en l'air pour en activer la flamme.

« A peine leur périlleuse descente est-elle achevée ; ils fixent une de leurs torches au rocher, et je reconnais Samuel qui , portant un autre fanal , s'engage dans l'ouverture , en écartant la neige qui lui faisait obstacle.

« Mais , dès qu'il a dépassé la paroi latérale de l'étroit passage, je saisis sa torche, je la lui arrache des mains , la jette à terre. Ce mouvement déconcerta les hommes d'armes qui marchaient à sa suite et qui voulaient le défendre.

— Allons, Raphaël, me dit Alméïda , le moment est venu de montrer du courage, et de faire voir ce que peut faire la lame de ton coutelas. Je te seconderai.

« Les hommes d'armes, assaillis isolément dans les ténèbres, tombent successivement sous la lame de mon poignard ; il ne restait plus dès lors que Samuel, resté en-dehors pour veiller sur le fanal, et guider, sans doute, par ses indications, ses autres complices qui pourraient survenir. Après une courte résistance de Samuel, j'enlevai la torche de l'endroit où elle était fixée.

— Toi Samuel, dis-je alors, je ne sais par quelle fatalité tu te trouves toujours sur mon chemin.... Nos hommes sont à deux pas. Si je·les appelle, tu es mort.

« Samuel crut d'autant mieux à mes paroles que ma mère, qui promenait la torche dans l'intérieur de la caverne, pouvait donner lieu de croire qu'elle n'y était pas seule. Il se laissa attacher, ce que je fis solidement, et je rentrai dans le souterrain, qui, éclairé par la clarté subite de la torche, me laissa voir la scène de carnage qui était mon œuvre.

« A l'aspect des cadavres étendus à mes pieds, mon âme fut douloureusement émue de cette nécessité cruelle à laquelle l'homme est quelquefois condamné pour sa propre défense ; mais un doute terrible à ce sujet vint, comme un remords subit, me saisir et torturer le cœur.

« Enfin, sur un signe de ma mère, nous nous éloignons rapidement de ce lieu de carnage, en prenant au hasard l'un des souterrains dont l'ouverture aboutissait à la caverne. Nous cheminions à la clarté de la torche que je tenais. Ma mère me donnait l'exemple du courage. Ce n'était pas un exemple inutile. La voie que nous suivions devenait de plus en plus pénible. Nos pieds baignaient dans une eau presque glacée, et, à mesure que nous avancions, la voûte se rétrécissait au point de nous forcer à ne plus pouvoir marcher que le corps plié en deux pour ainsi dire, et la tête à peu près constamment baissée au-dessous des épaules, afin d'éviter le choc des angles tranchants qui abondaient à la partie supérieure de cette voûte.

« Toutefois, comme nous sentions la lourde atmosphère du souterrain se raréfier de plus en en plus, comme nous respirions plus librement, nous en conclûmes que cette sorte de canal devait aboutir à un endroit d'où l'air extérieur lui arrivant, ses eaux s'épanchaient plus librement sur le sol. Nous continuâmes donc notre étrange voyage et, après trois grandes heures de marche, nous arrivâmes sur un point où enfin nous pûmes apercevoir, au-dessus de nos têtes, la voûte du ciel, dégagée de nuages et brillant de la sombre clarté des étoiles.

« Nous reconnûmes que nous nous trouvions au plus bas d'une énorme fissure de la montagne, qui la traversait de part en part, et qui, tortueuse et oblique dans presque tout son immense développement, était tantôt fort large, tantôt très-resserrée, au point qu'à peine je pouvais y passer.

« Dans beaucoup de parties de la fente, qui n'étaient point couvertes par d'énormes blocs de granit, de basalte ou de porphyre, la neige, ayant pénétré, s'était amoncelée à une telle hauteur, que la difficulté était d'autant plus grande de s'y frayer une route que les glaçons, que les eaux descendantes accumulaient sur d'autres points, y avaient formé comme une barrière de cristal que. j'étais obligé de briser pour aller plus loin.

« Avec des précautions inouïes, nous parvînmes, en montant toujours, à un endroit où le sol supérieur, s'abaissant subitement, avait créé là comme la naissance d'un étroit vallon, qui gagnait, en s'élargissant par degrés, dans sa pente ascendante, le plus haut de l'un des pitons de la montagne. Nous prîmes cette direction et, après une nouvelle heure de marche, nous nous trouvâmes sur une espèce de plateau assez étendu, parais-

sant être l'un de ces lieux déserts consacrés par la
foi des premiers chrétiens, à titre d'expiation des
souillures dont le paganisme les avait longtemps
couverts par ses idoles et ses odieux sacrifices.

« Une élégante chapelle s'y élevait : son faîte
élancé, dépassant plusieurs hauteurs d'hommes,
soutenu par de frêles piliers, qui, se détachant du
corps du monument, étaient entourés de légers
ornements délicatement sculptés, annonçaient, par
leur style, cette époque glorieuse, marquée du
sceau de Charlemagne, où le génie de l'architecture grecque avait été remplacé par celui d'une
autre architecture hardie, sublime, puisant aussi
ses inspirations dans la nature, et lui devant ses
plus merveilleux ouvrages.

« Surmontée de la croix glorieuse et rédemp-
trice, cette chapelle était sanctifiée par une image
de la Vierge sacrée, de cette Marie céleste et bien-
heureuse dont le culte est si puissant chez les
pharaoni ; de Marie, la mère admirable, la reine
divine des miséricordes, la sainte patronne des
âmes tendres, l'infatigable consolatrice des affligés, notre plus sûr appui dans le malheur comme
dans les périls ; qui, au désert comme sur les flots,
ne fut jamais invoquée en vain par le marin ou par
le voyageur en péril ; Marie enfin qui, l'exemple

des mères comme le modèle des femmes, éclaire
et réchauffe à la fois, du feu doux et salutaire de
son auréole éternelle, tous les cœurs qui s'élèvent
vers elle avec une foi sincère et pieuse.

— A genoux, mon cher Raphaël! me dit ma
mère, à genoux! Rendons grâces à Marie de sa
merveilleuse assistance. C'est elle qui nous a aidés
à sauver les jours de notre jeune roi proscrit, et qui
allait, sans nous, tomber sous les poignards des
assassins. Il est sauvé maintenant, j'en ai la conviction. Dieu soit loué! Bénie soit sa sainte Mère!

« Alors ma mère, soufflant dans un petit sifflet
qui pendait à son cou, fit entendre dans la montagne le son aigu de son instrument. Ce son fut
d'abord répété par les mille échos des alentours;
mais Alméïda écoutait toujours avec une sorte
d'anxiété; au bout de quelques instants, un autre
coup de sifflet retentit dans le lointain comme
pour répondre au sien.

— Sauvé! dit-elle en frappant de joie dans ses
deux mains; c'est le signal convenu; en ce moment il gagne la frontière, et ne reparaîtra dans
ces lieux que lorsque les temps seront arrivés.

— Ma mère, dis-je alors d'un ton de reproche,
pourquoi m'avez vous caché que nous marchions
ainsi pour sauver le roi?

14 к

— Parce que je l'avais juré, mon fils.

— Craignait-on de me voir faiblir dans une aussi sainte entreprise ? Je marchais avec vous ; on pouvait être tranquille.

— Je le sais, moi, dit Alméïda, en me pressant sur son cœur. Il m'a fallu prêter le serment entre les mains de gens qui ne connaissent pas le cœur de mon fils ! Il est malheureux que cette vipère de Samuel se soit rencontré parmi les ennemis du prince.

— Pourquoi, ma bonne mère ? N'est-il pas en ce moment même hors d'état de nous nuire ?

— Oh ! vois-tu, Raphaël, tu es jeune et trop confiant ! Le méchant vient toujours à bout de faire le mal, ne fût-ce que pour le plaisir de le faire. Samuel ne manquera pas de s'en venger. Malheur à moi ! malheur à toi ! Tenons-nous en défiance contre sa vengeance et sa trahison.

— Mère, repris-je, mais il n'est pas tellement à craindre que nous ne puissions être en parfaite sécurité. S'il lance bien une flèche, ne puis-je me flatter de la lancer aussi adroitement que lui ? Il lui reste donc le poignard, l'arme des lâches de son espèce. Nous avons, Dieu merci, la main aussi habile que la sienne.

— Ne le crois pas, cher Raphaël, me dit tris-

tement Alméïda. Tu as sans doute la vengeance ;
mais la mort ne saurait se venger ; elle est irrépa-
rable ! J'ai au cœur un pressentiment.

— Ma mère, m'écriai-je, bannissez de votre âme
ces funèbres pensées. Samuel est un méchant
homme, je le sais ; mais il sait aussi combien vous
êtes aimée, chérie, vénérée dans toute la tribu ; il
serait retenu par la crainte de l'animadversion publique. On l'écraserait comme un ver, voyez-vous,
s'il osait jamais entreprendre quelque chose contre
vous. Et, en supposant qu'il brave ma juste colère, cette pensée doit vous rassurer...

— Me rassurer ! dit Alméïda ; est-ce que j'ai
besoin d'être rassurée contre la crainte de la mort,
qui peut venir tôt ou tard, mais qui vient toujours,
quoi qu'on fasse ? Je savais aujourd'hui que le sacrifice que je faisais était grand ; mais il était payé
largement par la joie du succès.... Il faut donc
s'arrêter à cet adage de la chevalerie : Advienne
que pourra !

« En même temps Alméïda, se prosternant au
pied de l'autel, remercia de nouveau Dieu de l'a-
voir si visiblement favorisée.

« Vous êtes étonné peut-être, seigneur Théodoric, de voir une piété si ardente dans le cœur
d'une pauvre bohémienne, d'une idolâtre si étran-

gère aux idées religieuses. Mais je dois vous faire
remarquer qu'au milieu des dissidences où nous
jetait notre indépendance naturelle, ou plutôt la
licence effrénée de notre caractère, nous avons
toujours conservé en grande vénération le culte de
la sainte Vierge, et nous avions en son intervention divine une croyance aussi profonde que sincère, que nous trouvions moyen d'allier avec une
foule de pratiques idolâtres.

« C'est ce qui vous explique la ferveur des
prières de ma mère, qui m'avait inculqué toutes
ses idées à cet égard. Je n'étais pas chrétien, vous
en savez quelque chose.

— Sans être chrétien, Raphaël, vous en aviez
tous les sentiments, et le baptême...

— A fait de moi un homme nouveau, cher
Théodoric ; il y avait même, je vous assure, bien
de l'ouvrage à faire pour arriver à ce résultat.

— Cet aveu, Raphaël, dépose en votre faveur.
Il y a un grand mérite à en convenir.

— Je reconnais bien volontiers, dit Raphaël,
que je vaux infiniment mieux depuis que je suis
chrétien. J'avais sans doute de bons instincts, qu'a-
vaient encore développés les excellentes qualités
de ma mère. Mais je ne connaissais point ces principes immuables de la saine et sainte morale

qu'enseigne l'Evangile, et c'est à la connaissance
de l'Evangile que je dois de connaître cette pré-
cieuse lumière.

— Où, mon cher Raphaël, où avez-vous perdu
cette mère que vous aimiez si passionnément? Dans
quel pays avez-vous laissé sa dépouille mortelle?

— En Italie, répondit Raphaël, l'œil humide.

— Et le pressentiment s'est-il réalisé, dites-moi?
reprit Théodoric.

— Hélas! oui, seigneur Théodoric : ma mère
périt assassinée.... Mais...

— Mais, reprit Théodoric, Samuel n'y fut sans
doute pour rien?

— On n'a jamais pu le savoir, répondit Raphaël; il était avec nous, et tout le monde le soup-
çonna, parce qu'on connaissait sa haine profonde
pour nous, son caractère méchant et vindicatif,
et qu'on le savait homme à jouer des couteaux
dans l'occasion. La curiosité nous avait entraînés,
ma mère et moi, dans une église de Rome, où
l'on avait dit que les cérémonies de la religion se
faisaient avec une grande pompe. La foule des assistants était très-compacte. Nous n'avions pas
lieu de nous tenir sur nos gardes. La sainteté du
lieu commandait le silence et le recueillement.
Tout-à-coup ma mère pousse un cri, chancelle et

tombe. On l'entoure ; je m'empresse de lui porter secours.

— C'est inutile, mon enfant, dit Alméïda : je suis frappée à mort.

« Elle avait reçu un coup de stylet dans le côté gauche, et le sang coulait à flots de sa blessure, emportant avec lui la vie de ma pauvre mère. A mesure que le sang coulait, on la voyait s'éteindre graduellement. Enfin, d'une voix mourante, elle nous dit qu'elle était heureuse de mourir dans une église, en présence de la bonne sainte Vierge. Elle mourut avec une grande douceur, comme elle avait toujours vécu.

« Cet événement s'était passé si rapidement, qu'on n'avait pu remarquer aucun mouvement dans la foule. On fit une enquête, le crime ayant été commis dans une église. Cette enquête ne produisit rien. Moi, je n'avais pas besoin d'enquête pour trouver la main perfide qui avait fait le coup. Mais je n'avais ni indices, ni preuves, et je ne pouvais accuser Samuel. Ma conviction particulière ne suffisait point, et je me vis contraint de concentrer dans mon cœur mon chagrin et ma rage jusqu'à la première occasion.

« Cette occasion fut lente à se montrer. Je compte pour rien de vifs débats, des altercations

plus ou moins violentes à propos de choses de se-
condaire importance. Mais votre enlèvement du
manoir de Nogent, la criminelle négociation enta-
mée à votre sujet avec les Normands me remit
face à face avec l'homme odieux que j'accusais de
tous mes malheurs. Je m'oppose de toutes mes
forces à cette violation flagrante de toutes les lois
divines et humaines. Samuel fait appel aux passions de la multitude et l'ameute contre moi, au
nom de l'intérêt général. Je veux résister, on me
garrotte et l'on me met dans l'état où vos hommes
m'ont trouvé. Ce trait me confirmait dans tous
mes soupçons. La suite a prouvé surabondamment
que je ne m'étais pas trompé.

« Aussi le traître Samuel a-t-il fini misérable-
ment sa vie, signalée par mille traits de perversité.
J'ai cru devoir à l'ombre d'Alméïda, ma bonne
mère, le sacrifice de cette victime odieuse. Comme
je n'avais pas le droit de le précipiter tout d'un
coup dans les gouffres de l'enfer, j'ai agi en homme
d'honneur : je l'ai sommé de se reconnaître et de renoncer à l'idolâtrie en usage chez nos anciens confrères. Je l'ai conjuré d'avoir pitié de son âme ; il
n'a pas voulu ; je lui ai donné la mort pour le mettre
hors d'état d'attenter dorénavant sur votre vie ou
sur la mienne.... Je ne craignais pas ce misérable

dans une lutte loyale, croyez-le bien, Théodoric;
mais je craignais, pour vous comme pour moi, ses
fourberies et ses embûches. Je me suis donc ap-
plaudi, dans le temps, d'avoir affranchi mon
ancienne tribu du joug odieux qu'il faisait peser
sur elle.

« Vous avez voulu connaître mon histoire, cher
Théodoric; vous avez paru l'écouter avec plaisir.
Vous voyez que mon existence vagabonde a été
longtemps celle d'un bohémien....

— Et qu'elle est devenue celle d'un héros, reprit vivement Théodoric en regardant son ami.

— Ainsi, reprit Raphaël, errer d'un lieu à un
autre, marcher le jour, marcher la nuit, aller souvent à la maraude, faire des tours de gobelets pour
amuser les passants et leur soutirer quelques
pièces de monnaie, passer du Midi au Nord et du
Nord au Midi, telle a été l'existence du bohémien
Raphaël, existence que je suis le premier à déplorer, passé que je me suis efforcé de racheter autant
que cela m'était possible.

— Raphaël, dit Théodoric, vous avez pleinement réussi; je le certifie, non pas parce que je
vous suis uni par le sentiment de la confraternité
d'armes, mais parce que tous les hommes d'armes
vous estiment, et ne sont en cela que le fidèle écho

du comte Eudes. On peut sans flatterie vous regarder comme la fleur de l'armée, et quand j'ai employé le mot de héros, je n'ai rien dit de trop.

— Ménagez-moi, cher Théodoric; c'est sur la tombe des hommes morts qu'on peut graver de pareilles louanges. Mais tant qu'un guerrier est debout, il peut déchoir de son ancienne renommée, et des compliments si pompeux pourraient alors passer pour des épigrammes.

— J'espère que vous n'en redoutez pas de ma part, reprit Théodoric; on connaît ma sincérité et mon attachement pour vous. Je serais un lâche si je vous refusais l'un ou l'autre de ces sentiments.

— Je le sais, dit Raphaël, et je cherche quelque occasion de vous prouver que je connais tout le prix de votre amitié. Rien ne me coûtera pour la conserver jusqu'au dernier soupir.

— Raphaël, je vous regarde comme un bon frère. Berthe, ma sœur, vous et Plectrude, me formez à présent une famille en qui je dépose mes plus chères affections. Nous nous connaissons tous; entre honnêtes gens, cela suffit.

— Cher Théodoric, dit Raphaël avec sensibilité, le Ciel m'a bien récompensé de ma bonne action quand j'ai pu contribuer à vous délivrer....

— Dites donc : A vous sauver; car, sans l'intervention toute providentielle de Plectrude et de vous, où serions-nous aujourd'hui ? Dans le camp des Normands, qui ne nous auraient rendus qu'à des conditions fort onéreuses et peut-être humiliantes.

— Je veux croire, dit Raphaël, que les choses auraient pu aller jusque-là ; toujours est-il qu'à la faveur de tout cela j'ai pu retrouver une famille, et joindre à ce bonheur celui d'être chrétien. Et quand j'irai rejoindre ma bonne mère, je réjouirai son ombre en l'entretenant de mes nouveaux amis.

— Songez, Raphaël, dit Théodoric, qu'entre nous deux c'est à la vie et à la mort. »

CHAPITRE TREIZIÈME.

—

LE DROIT EST TOUJOURS LE DROIT.

Le comte de Paris est sacré et couronne roi de France. — Noble conduite
de ce prince. — Raphaël meurt.

—

Depuis la mort et les funérailles de l'évêque
Gozlin, Théodoric et Berthe avaient quitté le manoir épiscopal, et s'étaient retirés dans un palais
appartenant à leur famille, et situé dans le voisinage de l'abbaye de Saint-Germain-l'Auxerrois. Car
Paris, renfermé dans la Cité proprement dite,
avait, sur les deux rives du fleuve, et dès la première race, quatre abbayes considérables aux
quatre points cardinaux, et presque à une égale

distance : Saint-Laurent à l'orient, Sainte-Gene-
viève au midi, Saint-Germain-des-Prés au cou-
chant, et Saint-Germain-l'Auxerrois vers le nord.

Autour de ces monastères, s'élevaient les habi-
tations des serfs et autres personnes qui en dépen-
daient, et ce fut là l'origine de ces faubourgs qui,
depuis, ont tant contribué à l'embellissement et à
l'agrandissement de cette capitale, réputée alors
une des places les plus fortes du royaume. Nous
l'avons déjà dit, cette ville, lors des dernières attaques des Normands, était entourée de murailles
et flanquée de grandes et de petites tours en
bois.

Plectrude et Raphaël, qui se regardaient comme
faisant partie de la famille, avaient suivi tout naturellement Théodoric et Berthe dans leur retraite.
Ils avaient même été pressés d'y accepter un asile,
et s'y étaient établis comme dans leur propre domicile. Raphaël, d'ailleurs, avait acquis une position importante. Il était chargé du commandement
du corps des archers préposés à la défense et à la
garde des tours du nord.

Théodoric, qui s'était fait homme durant tous
les événements que nous venons de raconter, attendait quelque circonstance favorable à sa valeur
et capable de le mettre en évidence. De la race

des Carolingiens, il avait à cœur de prouver que leur sang coulait dans ses veines, et qu'il n'était pas dégénéré.

Berthe, tendre et candide jeune fille, ne se préoccupait point d'intérêts de ce genre. Mais, comme on parlait sans cesse de l'arrivée prochaine des Normands, elle priait Dieu de détourner ce fléau destructeur.

Un jour, Raphaël entre avec précipitation dans la chambre de Théodoric.

« Théodoric, dit-il, savez-vous la bonne nouvelle?

— Quoi? dit Théodoric; les Normands ont-ils été rencontrés et battus? C'est ce qui me serait le plus agréable à apprendre....

— Il ne s'agit point des Normands ni de leurs barques....

— De qui donc voulez-vous parler, Raphaël?

— Je veux parler du comte Eudes, ce vaillant défenseur de Paris...

— Eh bien! dit Théodoric avec une extrême vivacité, le comte Eudes est un vaillant homme, sans doute; mais enfin....

— Enfin, il vient d'être proclamé roi dans l'assemblée de Compiègne, et, de plus, il a été sacré et couronné par Gautier, archevêque de Sens.

— Sacré et couronné ! Est-ce bien possible ? s'écria Théodoric. Non, le comte Eudes a trop de loyauté dans le cœur pour oublier qu'il existe un fils posthume du roi Louis le Bègue, que c'est à ce descendant de Charlemagne qu'appartient la couronne, et que, par conséquent, celui-là est un usurpateur qui ose la prendre et la mettre sur sa tête. C'est le bon droit que je défends ici en plaidant la cause de mon sang. Il faut, pour que tout marche bien, que chaque chose soit à sa place.

— Mais, par sa bravoure, par son caractère, par les services qu'il a rendus au pays, le comte Eudes ne peut-il accepter ce qu'on lui donne? dit Raphaël, dont toutes les idées étaient bouleversées par des idées si nouvelles pour lui.

— Je dis que tout cela ne lui donnait pas le droit de se faire roi.... Il a rendu d'éminents services pendant le siége, je l'avoue; mais quand il en aurait fait encore davantage, quand même il aurait agrandi la France par ses victoires, je lui contesterais encore un droit qui n'appartient qu'au fils légitime de nos rois...

—Mais songez donc, seigneur, reprit Raphaël, que le prince dont vous parlez n'a que dix ans.....

— On ne dépouille jamais les orphelins du droit sacré de la légitimité, droit si précieux pour le bonheur des peuples.

—Mais quand un homme vaillant et habile, dit Raphaël, se voit acclamé par les seigneurs et le peuple assemblé, quand il ramasse la couronne dans la fange où elle est tombée, quand il est jugé par tous le seul capable de remettre les affaires en bon état, et de sauver le royaume, cet homme n'aura-t-il pas le droit d'accepter le pouvoir qui lui est offert? Ne pourra-t-il pas dire : Ce trône est à moi, puisque je l'ai conservé?

— Raphaël, vous raisonnez là comme si vous étiez encore parmi les bohémiens, eux qui prennent sans façon ce qui ne leur appartient pas.... C'est un reste des habitudes natives.

— Je le veux bien, reprit Raphaël ; mais, quoi qu'il en soit, je suis prêt à prêter serment de fidélité à notre roi Eudes, qui me semble tenir notre salut entre ses mains.

— Et moi donc, repartit Théodoric, pensez-vous que je ferais autrement? Non; j'ai l'intime conviction qu'Eudes, en fin de compte, fera son devoir...Je lui serai donc soumis et fidèle comme au chef de la nation, comme à un libérateur envoyé de Dieu, non pour occuper le trône, mais pour le défendre contre ses ennemis.

— Bravo! seigneur Théodoric; nous combattrons toujours côte à côte comme de bons frères d'armes, et je n'aurai pas la douleur de vous savoir dans des rangs opposés. J'aimerais mieux, voyez-vous, briser mon épée, mon arc et mes flèches, que de me trouver dans une pareille position.

— Je vous comprends, ami, et je fais des vœux pour que tout ceci finisse bien. En attendant, vive le comte Eudes, qui vient d'accepter le titre de roi!

— Vive le roi Eudes! s'écria Raphaël. Mais qu'est-ce que je vois là? »

Des hérauts d'armes, montés sur des chevaux couverts de belles housses, s'avançaient en bon ordre sur la petite place située en face du Châtelet. A leur vue, la joie brillait sur tous les visages. Les trompettes ouvrirent un ban, et le comte Eudes, s'avançant d'un pas majestueux, ouvrit la bouche pour parler.

« Vive le roi Eudes! crièrent mille voix.

— Oui, vive le roi! exclama Théodoric.

— Chers concitoyens, dit Eudes d'une voix éclatante et sonore, permettez-moi d'être fier de vos acclamations. Mais soyez bien convaincus que je n'ai pris le sceptre que pour défendre et sagement gouverner mon pays, affligé de tant de malheurs. Je n'ai voulu me rendre ni plus riche, ni plus superbe. Mon dessein est de remettre l'état sous l'obéissance de Charles, aussitôt que je l'aurai pacifié. Je sais que ce jeune prince est mon roi, qu'il est notre roi à tous ; je prie donc tous les seigneurs et le peuple de ne me considérer, jusqu'à nouvel ordre, que comme son lieutenant. Que ceci soit donc bien entendu, et que Dieu me soit en aide !

— Vive le roi Eudes ! répondirent mille voix de tous les côtés de la place.

— A la bonne heure, dit Théodoric ; voilà un homme qui respecte le droit d'autrui. Il mérite qu'on se fasse tuer pour lui.

— Je vous le disais bien que ce n'était pas un ambitieux ! s'écria Raphaël. Nous pouvons donc marcher sous sa bannière....

— Et sans aucun remords ; car nous combattrons pour la patrie, pour la France, dit Théodoric, en même temps que pour notre roi légitime. »

Cet entretien fut tout-à-coup interrompu par

15 K

un cri formidable qui retentit dans tous les coins de la Cité :

« Aux armes ! aux armes ! voici les Normands !

— Allons ! reprit Théodoric, voilà une occasion qui ne se fait pas attendre. Allons prendre nos postes. »

En effet, les Normands revenaient plus furieux que jamais, sous les murs de la capitale, et leur armée s'était grossie de nouvelles bandes. Ces barbares savaient que les provinces de la France, croyant désormais Paris invincible, avaient déposé dans cette ville des richesses immenses. Ils étaient alléchés par le butin qui les attendait sur les terres des chrétiens, et ils se ruaient sur Paris avec toute l'ardeur que donne l'espoir du pillage.

De son côté, le roi Eudes, conservant son activité accoutumée, appelle au secours de Paris les hommes de l'Aquitaine, de la Neustrie et de plusieurs autres provinces. De toutes parts on vit venir des phalanges envieuses de concourir à la défense de Paris, afin de faire participer la France entière à la gloire dont se couvraient les Parisiens.

Un grand nombre d'assauts et de sorties signalèrent de nouveau le courage des Normands et des

Français ; mais l'avantage fut toujours pour ces derniers.

Parmi cette longue suite d'attaques, on remarque surtout celle que les Normands entreprirent au moment où les assiégés prenaient leur repas du milieu du jour. On vint avertir le roi Eudes, qui était à table avec l'évêque Anscheric, que l'ennemi pénétrait dans la ville. Aussitôt Eudes, saisissant la lance et le bouclier, vole aux Normands, les repousse et rentre dans la ville, après quelques heures de combat, avec un grand nombre de prisonniers.

Les Scandinaves, qui immolent leurs captifs sur les autels d'Odin et de Frigga, s'attendent à des représailles de la part des Français. Bientôt des gardes les conduisent à l'orient de la Cité, dans le temple où les chrétiens honorent la Vierge mère, sur l'emplacement où s'élève aujourd'hui la basilique de Notre-Dame.

A la vue du peuple assemblé, et dont les habits de deuil annonçaient les pertes récentes qu'il avait faites ; à la vue des guerriers français, dont la pâleur et les cicatrices rappelaient les combats et les fatigues que les Normands leur avaient fait supporter, ces étrangers, mesurant la vengeance à l'offense, se croyaient réservés aux

supplices les plus affreux. Déjà, selon leur coû-
tume, ils bravent ceux qui les escortent, et chan-
tent en chœur un hymne en l'honneur de leur
mort future.

Anscheric entend ces bravades, et les interrompt par ces paroles :

« Ne rappelez point des trépas inhumains, des
sacrifices barbares, et d'impitoyables divinités,
dans un temple consacré au Dieu de clémence et
de miséricorde. Son autel pacifique ne sera point
souillé du sang des hommes. Si nous vous ame-
nons dans cette enceinte, ce n'est que pour sacri-
fier nos justes ressentiments, en vous accordant
la liberté, et en vous donnant le doux nom de
frères. »

Un pareil langage était nouveau pour les Normands; mais il ne les touchait pas moins, et les
préparait à un changement qui devait faire leur
bonheur.

Pendant ce temps, les assiégeants, repoussés,
s'étaient éloignés des bords de la Seine pour piller
les provinces voisines. Eudes sort, escorté de mille
guerriers, pour aller à la découverte. Il était déjà
vers les hauteurs de Montfaucon, lorsqu'un de
ses éclaireurs vint lui annoncer qu'on découvrait

dans la plaine une armée de Normands, composée d'environ neuf mille hommes.

Le roi Eudes fait faire halte à sa troupe, en lui commandant de ne s'avancer que quand elle entendrait le son de son cor. Les Normands n'étaient pas éloignés. Quelques-uns de leurs éclaireurs avaient paru dans la plaine. Le héros monte sur la colline de Montfaucon, et de là découvre l'ennemi, qui, sans défiance, venait de son côté, lentement et en désordre, le long d'un bois. Alors, embouchant son cor, il appela les siens, et se jeta avec impétuosité sur les Normands, qui, peu préparés à cette attaque, n'opposèrent d'abord qu'une faible résistance. Mais, par degrés, la bataille devint plus terrible. Toutefois, animés par l'avantage du premier moment, les Français se surpassèrent eux-mêmes en intrépidité.

Théodoric et Raphaël faisaient partie de cette expédition; ils y firent leur devoir de braves guerriers : Théodoric abattit de sa lance plusieurs Normands qui avaient jusque-là montré une vaillance digne de leur nation. La flèche inévitable de Raphaël avait fait merveilles dans les rangs ennemis; mais Raphaël avait été blessé à mort par un Normand qui l'avait frappé par derrière.

Le roi Eudes courut un grand danger dans

cette horrible mêlée. Le chef des barbares déchargea sur sa tête un grand coup de hache : heureusement, le casque d'acier, bien trempé, résista, et fit glisser le coup sur ses épaules ; sans quoi, c'en était fait du brave roi.

Mais Eudes, relevant son front courbé sous la hache du chef scandinave, plonge son glaive dans le cœur du barbare, dont la mort fut pour ses soldats un signal de défaite. Ils se dispersent de toutes parts, et les Français, qui les poursuivent, les immolent presque tous. On eût dit que l'Éternel, invoqué par Eudes, avait marqué cette journée mémorable pour récompenser Paris de tant d'énergie et de constance. Cette victoire, que le petit nombre de nos guerriers rendait presque miraculeuse, mettait fin au siége, que les vaincus abandonnaient.

Théodoric, cependant, ignorait la fatale nouvelle de la blessure de son ami Raphaël. Il était encore dans l'ivresse du triomphe, lorsqu'un brancard vint à passer, porté par des archers de la garde bourgeoise, qui paraissaient plongés dans une morne tristesse.

« Soldats, quel est le blessé que vous transportez là ? cria Théodoric.

— Seigneur, dit en hésitant un des archers,

c'est un de nos chefs qu'un traître de Normand vient de frapper par derrière. Oh! mais, nous l'avons bien vengé! Nous avons écrasé son lâche meurtrier...

— Mais enfin, comment se nomme le blessé? dit avec impatience le bouillant Théodoric.

— Seigneur... il est bien mal.... nous ne pouvons nous arrêter plus longtemps à vous répondre. »

Et les archers allaient continuer leur marche vers Paris; mais, poussé par un funeste pressentiment, Théodoric descend, ou plutôt saute à bas de son cheval, et s'élance vers le brancard.

« Qui est-ce donc? Je veux le voir, s'écrie-t-il en même temps qu'il levait la toile qui cachait le visage du moribond.

« Raphaël! mon pauvre Raphaël! » dit Théodoric avec un accent profondément douloureux.

A ce cri vraiment déchirant, Raphaël entr'ouvrit les yeux, soupira et fit un signe d'adieu à Théodoric.

Il avait le crâne presque fendu en deux, et la connaissance ne lui était pas encore parfaitement revenue depuis le moment où il avait roulé sous le fer de la hache.

« Pauvre Raphaël! répéta Théodoric, me reconnaissez-vous?

— Oui, Théodoric, dit Raphaël d'une voix éteinte; mais je.... je meurs.... C'est le sort des armes! Mais, ajouta-t-il avec une sérénité presque angélique, c'est en ce moment que je m'applaudis de compter parmi les chrétiens, d'être de la même communion que vous, cher Théodoric.

— Courage, mon brave! courage! Vous devez bien souffrir?

— Comme un damné; mais j'espère en la miséricorde de Dieu, et tout sera bientôt fini... Mais, cher Théodoric, faites-moi venir un prêtre, que je meure au moins entouré de tous les secours de ma religion....

— Raphaël, vous serez satisfait, dit Théodoric; je vais moi-même pousser mon cheval jusqu'à la paroisse la plus prochaine, et j'en ramènerai un prêtre, je vous le promets.

— J'y compte, répondit le moribond. Oh! que je souffre! Mon Dieu, je vous offre toutes mes souffrances pour me racheter de tout le mal que j'ai fait sur la terre. Agréez ma prière, ô mon Dieu! »

Pendant ce temps-là, Théodoric, remonté sur son cheval de bataille, galopait sur la route de Paris. Il fit diligence, comme on pouvait l'attendre de sa vive et sincère amitié, et ramena en croupe un chapelain attaché à la paroisse de Saint-Laurent. Il avait prévenu, dans sa course, la vieille Plectrude, du malheur qui venait d'arriver, et lui avait indiqué le lieu où elle pourrait revoir Raphaël, peut-être pour la dernière fois.

Puis il était revenu en toute hâte, à la grande joie du patient. Le prêtre, aussitôt, se mit en devoir de remplir les fonctions de son ministère. Le temps pressait, Raphaël allait de plus en plus mal. La vue du prêtre ranima dans ses yeux la vie, prête à s'échapper.

« Ah! dit-il, je ne mourrai donc pas comme un chien! J'aurais redouté un pareil trépas; mais Dieu a eu pitié de ma pauvre âme pécheresse. Grâces lui soient rendues. »

Le chapelain aida Raphaël à faire sa confession, qui fut fort édifiante, surtout à cause de la profonde contrition qui l'accompagnait. Le prêtre lui donna l'absolution, principal objet de ses vœux, et récita plusieurs prières, toutes propres à le fortifier dans ses bons sentiments.

Raphaël se sentait soulagé d'un grand poids. Toutes ses inquiétudes s'étaient dissipées à la voix du ministre de Dieu qui prononçait l'absolution. Théodoric, qui s'était éloigné pour satis-

faire aux convenances, rentra alors, et s'informa
de la situation du blessé. Celui-ci paraissait
comme assoupi; mais la voix bien connue de son
jeune ami lui fit ouvrir les yeux.

« O cher Théodoric! dit-il avec une ineffable
douceur, que vous m'avez rendu là un grand service! Je suis beaucoup mieux....

— Vraiment! dit Théodoric, qui saisissait avec
joie cet éclair au passage. Que je suis donc heureux
de vous avoir reconnu, mon vieil ami! Nous vous
conserverons donc, il faut l'espérer....

— Non, cher Théodoric; il serait inutile de se
leurrer à cet égard; le fil de mes jours est brisé,
brisé pour jamais, je le sens, et je regrette la vie,
uniquement à cause de vous, que j'aimais comme
de bons parents. Mais il a bien fallu se séparer de
notre bon Gozlin. Cette loi de nature est de toute
justice. Adieu, Théodoric; je commence à entrevoir ma nouvelle patrie.... Adieu! mon seigneur,
ayez pitié de moi. »

En disant ces paroles, qui n'étaient plus que
des sons mal articulés, Raphaël fit un léger mouvement pour tourner la tête; il n'était plus.

Théodoric, dominé par le sentiment religieux,
quoique son âme fût en proie à une douleur amère,
s'approcha du grabat où gisait Raphaël, lui prit

les deux mains glacées, les joignit comme pour
la prière, et lui ferma les yeux avec un pieux
respect.

« Dormez, brave Raphaël, dit-il avec solennité ;
dormez, vous l'avez bien mérité par vos travaux.
Dormez, le réveil n'a rien de terrible pour vous,
pour vous plein d'honneur et d'humanité, pour
vous dont la main ne trempa jamais dans le sang
des chrétiens. Les Normands se souviendront de
votre adresse et de votre valeur. Les habitants de
Paris ne vous oublieront pas ; ils ne sauraient vous
oublier ! Adieu, brave des braves ! »

Dans ce moment arrivait la vieille Plectrude, qui,
mêlant ses larmes à celles de Théodoric, pleurait
Raphaël à l'égal d'un fils bien-aimé.

On enlève la dépouille mortelle de Raphaël par
l'ordre de Théodoric, et on la transporte dans la
ville en attendant qu'elle soit déposée dans le ci-
metière de l'église abbatiale de Saint-Germain-
l'Auxerrois, regardée, dès cette époque, comme
la paroisse royale.

Les funérailles furent remises au lendemain, et,
pour faire honneur à leur chef, on convoqua non-
seulement les archers placés sous les ordres de
Raphaël, mais encore des détachements de tous
les corps de la garnison.

Théodoric, portant sur son costume et à son épée les noirs insignes du deuil, menait le convoi funèbre, auquel le roi Eudes lui-même avait voulu assister, en mémoire des services signalés rendus par Raphaël, en mémoire aussi de son chaleureux dévoûment. Les princes de notre temps ne se montrent pas toujours aussi reconnaissants.

Raphaël, par son infatigable activité, par ses conseils, par sa bravoure personnelle, avait mérité tous ces honneurs, et si l'on ne pouvait inscrire sur sa tombe des noms illustres, on pouvait faire mieux : rappeler des actions d'éclat et les noms glorieux des batailles auxquelles il avait assisté. Sa belle conduite, pendant les divers siéges qu'on avait soutenus contre les Normands, était connue dans toute la France et dans toute l'armée. On savait que, sans lui, le dernier siége aurait été beaucoup plus long et plus meurtrier. Ce sont toutes ces choses qui font la gloire d'un homme de guerre. C'est là ce que rappela Théodoric au milieu des sanglots des autres guerriers.

Théodoric, dans cette sorte d'oraison funèbre, releva aussi d'autres vertus de son héros, qui devaient être moins appréciées, moins connues du vulgaire, son humanité, sa douceur à l'égard des vaincus, et bien d'autres qualités de caractère qu'un ami seul avait pu comprendre et apprécier dans le cœur d'un ami.

Enfin, le roi Eudes voulut honorer lui-même la valeur dans la personne de Raphaël. Ce fut à ses propres frais qu'on érigea à la mémoire de ce guerrier un monument modeste portant une inscription en lettres d'or incrustées sur un marbre noir, dans laquelle il était dit que ce monument, élevé à la bravoure militaire, était dû à la juste munificence du chef de l'état[*].

Depuis longtemps, Théodoric s'était accoutumé à regarder Raphaël comme son frère d'armes ; depuis longtemps il s'était plu à le traiter comme tel, et aussi comme un homme à qui il devait la vie. Il lui était donc doux, au sein même de sa douleur, de voir de pareils honneurs rendus à un homme aussi valeureux.

Plectrude et Berthe, sensibles à la perte de Raphaël, voulurent porter le deuil à l'occasion de sa mort. Berthe, devenue une damoiselle de haut parage, par sa naissance, ne craignit pas de déroger en donnant cette marque d'un triste souvenir

---

[*] Voir la note D à la fin du volume.

à un ami dévoué. D'une humeur pieuse et portée à la contemplation, ses regards se portaient avec complaisance vers la solitude du cloître, malgré tous les efforts de son frère pour lui trouver un parti sortable.

On verra dans le chapitre suivant ce que devinrent ces deux pupilles de l'évêque Gozlin.

CHAPITRE QUATORZIÈME

LE VIEUX MENDIANT. — RECONNAISSANCE INESPÉRÉE.

Comment Plectrude retrouve son père dans le vieux mendiant. — Celui-ci raconte ses chagrins et sa conversion dans l'église de Saint-Pierre, à Rome. — Mort du vieil Oldric.

Depuis la mort de Raphaël, une tristesse morne régnait dans l'habitation de Théodoric et de Berthe. Ce n'était pas la bonne Plectrude de qui l'on pouvait attendre de la gaîté. Elle regrettait sans cesse ce héros mort à la fleur de l'âge, et se répandait en lamentations qui entretenaient le deuil autour d'elle.

« C'est bien plutôt moi qui aurais dû mourir, disait-elle; moi pauvre proscrite, repoussée du

sein paternel, repoussée de tous les miens! Oui,
j'aurais dû mourir, au lieu de ce jeune homme
plein de vigueur, qui entrait dans la vie avec de si
nobles sentiments. Hélas! je ne puis songer à mon
vieux père sans être touchée de son sort. O Ciel! je
t'ai souvent conjuré de répandre ta grâce sur le
cœur endurci de ce vieillard, et de le disposer
heureusement à recevoir la lumière de l'Evangile.
Du moins, je pourrais le retrouver parmi les élus
du Seigneur!

« Tandis que je suis forcée de vivre errante,
vagabonde pour ainsi dire, séparée de mon père
par des distances infinies, ma foi seule me soutient, elle me préserve du désespoir, parce qu'elle
me fait voir dans un temps prochain le port où
tendent tous mes vœux. Ma chère Berthe et le
seigneur Théodoric ne m'abandonneront pas, sans
doute, et de cette sorte j'aurai le pain quotidien....
Mais ce n'est toujours que le pain de l'aumône; et
ce pain ne pourra-t-il pas me manquer un jour?
Mon Dieu, mon Dieu, ayez pitié de moi, et re-
tirez-moi de cette terre, sur laquelle je suis désormais inutile.

— Comment! dit Berthe qui avait entendu ces
dernières plaintes, je ne reconnais plus là l'énergique et pieuse Plectrude! Vous dites que vous

êtes inutile sur la terre ! Vous nous comptez donc pour rien, chère amie ? Vous ne voyez donc pas qu'après tous les malheurs qui nous accablent, nous avons, au contraire, un grand besoin de votre compagnie, de vos consolations ? Fille d'Oldric, relevez votre courage, soyez ferme et pleine de résolution en face de la croix du Seigneur, comme le jour où vous avez rompu avec votre père. N'ayez aucun regret du sacrifice que vous avez fait alors. Vous l'avez offert à Dieu de votre propre mouvement ; il ne peut manquer de vous en donner la récompense.

— Je sais, répondit Plectrude, qu'il nous tient compte de tout ; mais je ne puis me défendre d'une profonde tristesse. Je vois l'avenir tout en noir.

— Ma pauvre Plectrude, reprit Berthe, je ne vous comprends plus aujourd'hui..... Vous, la femme forte, la femme d'expérience, vous semblez avoir besoin des avis d'une jeune fille comme moi....

— Si j'en ai besoin, ma chère damoiselle ! Mais cela ne fait pas question ; ils me sont indispensables, croyez-le bien. Vous me tenez lieu de tout sur la terre, vous et votre frère. Quand je ne vous ai pas là sous mes yeux, je crois être l'objet de l'abandon universel. J'aime le seigneur Théodoric,

16 K

d'abord parce qu'il est bien bon pour moi, mais aussi et surtout parce que je retrouve dans ses traits de jeune homme les traits vénérables de notre bon évêque Gozlin, que j'aimais, que je révérais comme le meilleur des pères, et qui m'a été aussi enlevé, celui-là....

— Allons, Plectrude, reprit Berthe, bannissez cette morne tristesse de votre âme, espérez un peu de l'avenir; vous le savez, jusqu'ici la Providence ne vous a pas abandonnée; mais, ainsi que vous-même vous me l'avez répété souvent, il faut avoir quelque confiance en elle.

— Ah ! dit Plectrude, la chose est plus aisée à dire qu'à faire. Il est des positions dans la vie où l'on est bien près du désespoir, et ma position est de celles-là...

— Je ne le pense pas, chère Plectrude, dit Berthe; examinons ensemble votre position, et voyons ce qu'elle offre de si désespérant. Mon frère et moi nous vous aimons à l'égal d'une mère. Avec nous, vous n'avez pas à vous inquiéter sur votre sort; vous pouvez être certaine que nous pourvoirons, que nous avons pourvu à tous vos besoins, telle chose qui arrive. Vous pratiquez librement la religion que vous avez embrassée librement. De quoi pouvez-vous avoir à vous plaindre ?

Des événements? Eh ! qui n'a pas acquis le même droit? N'avons-nous pas perdu beaucoup en perdant notre bon oncle Gozlin, qui nous avait élevés avec tant de sollicitude? Mais, ma chère Plectrude, la mort, tout affreuse qu'elle nous paraisse, n'est-elle pas une des nécessités de la vie, n'est-elle pas, pour des âmes chrétiennes, le commencement de la vie éternelle? La mort de Raphaël, que vous chérissiez comme un fils, a brisé une de vos affections? N'a-t-il pas été une des victimes de la guerre, qui en fait tant d'autres? N'a-t-il pas obtenu les honneurs qu'on ne décerne ordinairement qu'aux héros? Ce sont là, je pense, de puissants motifs de consolation, et ce ne devrait pas être à moi à vous les faire valoir.

— Sans doute, aimable damoiselle, reprit Plectrude, vous avez pleinement raison en tout ce que vous dites. Je sais que la mort est une des conditions de la vie; il faut se courber sous la volonté de Dieu; mais mon pauvre vieux père...

— Ne m'avez-vous pas dit que probablement son grand âge, et peut-être les infirmités qui accompagnent ordinairement la vieillesse, devaient depuis longtemps lui avoir fait payer à la nature le tribut que nous lui payons tous? Ainsi...

— Oui, Berthe, je vous ai dit cela ; mais cepen-

dant je n'en ai aucune certitude. Mon père était
d'une forte constitution, et capable de vivre cent
ans. S'il vit encore, il est peut-être privé de la vue,
et il n'a pas sa fille pour soutenir, pour guider sa
vieillesse. Voilà surtout ce qui me tourmente en
ce moment.

— Vos regrets, chère Plectrude, sont bien légitimes; ils témoignent d'un cœur bien né et capable
d'apprécier les sentiments de la piété filiale. Mais
je ne sais véritablement comment on pourrait faire
pour vous donner satisfaction à cet égard.

— C'est cette impossibilité qui aiguillonne mon
chagrin.

— Je ne puis que vous conseiller de mettre
votre chagrin au pied de la croix, et, si Dieu le
juge convenable, il saura bien vous procurer la joie
de revoir votre père.

— C'est une espérance bien vague, comme vous
le voyez, chère Berthe ; eh bien ! je l'accepte avec
joie, comme un don venu d'en-haut. Qu'elle puisse
un jour ou l'autre se réaliser, je pourrai me dire
heureuse entre toutes les femmes.

— Je vous le souhaite de tout mon cœur, bonne
Plectrude. Une vraie chrétienne ne doit jamais
désespérer de la Providence. »

Quelques jours après cet entretien, Plectrude,

sortant de l'église Saint-Germain-l'Auxerrois, où elle avait entendu dévotement la messe, suivait toute pensive le bord de la Seine pour regagner la maison, lorsqu'un vieillard se présenta devant elle pour solliciter quelque aumône.

Son front large et vénérable, sa longue barbe blanche qui tombait sur son sein, les profondes rides qu'on découvrait sur ses traits, excitaient vivement l'intérêt en sa faveur. Plectrude, à sa vue, s'arrêta un moment, et ne put s'empêcher de penser à son père, qui devait être à peu près du même âge que ce vieillard.

« Bon vieillard, lui dit-elle avec douceur, vous me paraissez bien âgé, si j'en crois l'apparence....

— Bonne dame, répondit le vieillard, les peines m'ont bien vieilli. Mais le Seigneur nous envoie les peines pour nous éprouver ; il faut accepter ces épreuves comme des bienfaits. »

Le son de la voix du vieillard, son accent fortement prononcé remuèrent Plectrude au point qu'elle ne pouvait plus marcher. Elle donna quelques pièces de monnaies à cet homme, qui la remercia avec effusion, et elle s'éloigna de lui pour rentrer au manoir.

« Qu'avez-vous donc, Plectrude ? dit Berthe en

la voyant ; comme vous êtes pâle ! Quelle rencontre avez-vous faite ?

— Chère Berthe, vous allez encore vous moquer de moi, dit Plectrude ; mais j'ai rencontré à la porte de Saint-Germain-l'Auxerrois un mendiant qui, par son âge et par le son de sa voix, m'a rappelé un instant Oldric, mon père. J'allais lui demander de quel pays il est, et lui faire quelques autres questions ; mais ma voix est venue expirer sur mes lèvres, les jambes me manquaient. Que voulez-vous ? Je ne puis penser à mon père sans être dans cet état ; et ce vieillard....

— Il faut le revoir, dit Berthe avec une grande vivacité ; il pourrait se faire que cet homme pût, du moins, vous donner quelques renseignements. Ne lui avez vous rien demandé ?

— Non, chère Berthe ; j'étais si saisie...

— Je me fais bien une idée de votre saisissement ; mais encore fallait-il parler, vous assurer... La chose en vaut bien la peine.

— Berthe, c'est parce que je sentais cela que l'émotion m'a dominée entièrement, et que je n'ai pu.....

— Il faut réparer sur-le-champ cette faute, Plectrude. L'homme doit être encore aux abords de l'église ; sortez avec quelqu'un de nos gens, et vous le retrouverez sans doute. Amenez-le ici. »

Plectrude, qu'animait un sentiment bien autrement fort que celui de la curiosité, fut bientôt hors
de la maison. Elle regardait à droite et à gauche,
partout enfin, et ne voyait pas le vieillard qu'elle
cherchait. Puis elle le découvrit qui s'acheminait
vers une petite ruelle qui se trouvait alors derrière l'église. Elle le suivit des yeux, en même
temps qu'elle marchait vers l'endroit où elle venait de le voir. Mais, dans ce court intervalle, il
avait disparu; elle s'informe, elle questionne sur
le compte du vieillard; mais personne ne peut lui
dire qui il est, personne ne peut indiquer sa demeure, et cependant tout le monde avait vu le
vieux mendiant, tout le monde le voyait chaque
jour dans les mêmes parages.

Pour cette fois donc, il fallut y renoncer; le
vieillard était rentré dans son domicile, qu'on
ignorait. Il fallut se résigner à attendre jusqu'au
lendemain.

Cette fois, dès le matin, Plectrude, accom-
pagnée d'un des domestiques de la maison, rôdait
avec anxiété sur la place de l'Église, explorant du
regard les coins et les recoins. Tout-à-coup, elle
s'écrie :

« Le voilà ! le voilà ! Ne le laissons pas échapper aujourd'hui... C'est mon père! c'est lui! je n'en doute plus.... Voyons s'il répondra à son nom. « Bon et vénérable Oldric, dit-elle en s'approchant, ne reconnaissez-vous pas votre fille? »

A ces mots, prononcés avec un certain accent, le vieillard s'arrête.

« Que me voulez-vous? dit-il avec un air de stupéfaction. Oui, je suis Oldric! mais vous, je ne vous reconnais pas.... J'avais en effet une fille, une fille chérie; mais elle m'a quitté, il y a bien longtemps, » ajouta-t-il en soupirant.

Plectrude considérait cet homme, à la tête et à la barbe blanches comme la neige, et elle ne pouvait douter de ce qu'elle avait deviné. Mais elle était si vieillie, les fatigues, la misère l'avaient tellement changée, tellement défigurée, que le vieillard, dont les yeux d'ailleurs étaient bien affaiblis, ne pouvait reconnaître sa Roswitha dans cette vieille femme au front ridé.

Le vieillard était saisi d'un tremblement nerveux, qui le privait presque de l'usage de ses jambes. Il balbutiait des mots inintelligibles, et paraissait vouloir se retirer. Plectrude, le prenant par un bras, et faisant signe au domestique de le prendre par l'autre, dit alors au vieux mendiant:

« Vous êtes Oldric; c'est tout ce que nous

voulons savoir ; venez sans crainte ; nous serons
dans la maison voisine plus à l'aise pour éclaircir
ce qui vous paraît un mystère.

— Hélas ! c'est bien vrai ce que vous dites là,
répondit Oldric ; je suis confondu.... Je suis bien
Oldric ; mais, ma Roswitha, je l'avais quittée
jeune encore, et maintenant....

— Les épreuves de la vie vieillissent quelquefois avant l'âge, répondit Plectrude; mais venez ;
ayez confiance en votre fille....

— C'est un rêve ! Plus j'y songe, plus je me dis:
C'est impossible....

— Allons, venez, venez, je vous aurai bientôt
convaincu que vous êtes mon père, que je suis
bien votre fille. »

Ils arrivèrent bientôt à la maison, malgré la
marche lourde et chancelante d'Oldric. Berthe les
attendait sur le perron; elle fit entrer le vieillard
dans son appartement, où se trouvait déjà Théodoric, qui avait voulu être témoin de la scène de
reconnaissance du père et de la fille.

« Prenez place dans ce fauteuil, bon vieillard;
vous avez besoin de vous reposer, dit Théodoric
en avançant un siége.

— Mon père, reconnaissez votre fille, s'écria
Plectrude, en se jetant aux genoux du vieillard ;

rappelez-vous Roswitha abjurant le culte d'Odin pour se faire chrétienne. De là date le moment de notre séparation ; là commence aussi une vie de bonheur pour moi ; car j'ai beaucoup souffert pour la foi que je venais d'embrasser. Ma figure a bien changé sans doute : c'est l'effet des privations et de la souffrance morale. Mais je suis toujours votre Roswitha, voyez-vous, et si j'ai pu vous causer du chagrin, je vous en demande bien pardon....

— Tout est pardonné, mon enfant, dit le vieillard.

— C'est que j'avais une grande confiance dans le Dieu de Gozlin, reprit Plectrude, et c'est ce Dieu qui m'a donné le courage nécessaire pour supporter toutes les épreuves que j'ai dû subir, et je l'en remercie tous les jours. Il est bien puissant, mon père, le Dieu des chrétiens.

— Je le sais, ma fille, par expérience, et c'est lui qui m'a permis de traîner jusqu'à ce jour ma longue existence. C'est lui qui m'a permis de retrouver mon enfant. Que son saint nom soit à jamais béni !

— Ce langage, dans votre bouche, me surprend et me réjouit tout ensemble, s'écria Plectrude avec une satisfaction qui rayonnait dans son regard.

— Oui, ma fille, oui, Roswitha, dit le vieillard, moi fier descendant des farouches Scandinaves, moi prêtre d'Odin, je suis aujourd'hui chrétien, par la grâce de Dieu.

— O merveilleux coup de la Providence! dit Plectrude avec exaltation. Qui se serait attendu, qui aurait pu s'attendre qu'un jour le prêtre d'Odin et de Thor s'enorgueillirait du nom de chrétien, et que le père et la fille, se rencontrant sur les bords de la Seine, s'applaudiraient mutuellement d'un si heureux changement?

— Voilà de ces coups que Dieu tient en réserve pour l'édification des bons, et pour améliorer les mauvais, dit Berthe; n'est-ce pas, mon frère?

— Oui, ma chère Berthe, répondit Théodoric; il faut de ces coups-là pour ébranler, pour toucher les malheureux infidèles. Dieu les porte, quand il les croit nécessaires à sa gloire. Mais ce vieillard, blanchi dans le culte d'Odin, a dû faire une longue résistance, et....

— C'est ce qui vous trompe, jeune homme, répondit le vieillard; le Seigneur a voulu m'épargner de longues luttes; je n'étais plus assez fort pour espérer d'en sortir vainqueur. Il eut pitié de ma faiblesse. Ne mesure-t-il pas le vent à la brebis que le pasteur a dépouillée de sa toison?

Après le départ de Roswitha, qui me causa un chagrin mortel, la grâce de ce Dieu puissant ne se fit pas longtemps attendre.

« Du moins, je me sentis ébranlé singulièrement à l'égard de mon ancien culte, et je commençai à le prendre en dégoût. Je m'étonnais moi-même en me surprenant à admirer tant de choses que j'avais si longtemps condamnées. Le travail de la grâce, vous le voyez, s'opérait à mon insu, et me préparait à devenir chrétien moi-même, d'ardent persécuteur que je m'étais montré jusque-là.

« De fréquentes migrations de nos tribus avaient lieu : toutes allaient chercher en Europe une contrée qui leur offrît un climat plus doux, un sol plus fertile, et des richesses dont elles étaient avides. Je fis partie d'un de ces départs, portant dans mon sein la ferme résolution de chercher la vérité religieuse dans les pays que nous allions visiter.

« L'Italie nous arrêta d'abord par ses magnifiques aspects et ses riantes campagnes ; mais ses églises, leurs riches ornements, la foi si vive et la piété si profonde des peuples qui l'habitent me frappèrent d'étonnement.

« Bientôt je vis Rome, cette ville dont la réputation avait pénétré jusque dans nos contrées sauvages. A chaque pas, je retrouvais les restes de sa grandeur; mais, dans cette capitale de l'ancien monde, je cherchais surtout la capitale du monde chrétien; je voulais étudier de près et, pour ainsi dire, à sa source et dans son centre, une religion que je ne connaissais pas, que j'avais persécutée, et dont cependant l'image me poursuivait sans relâche. Déjà le nombre et la beauté de ses églises, l'éclat et la magnificence de ses fêtes, la simplicité majestueuse de son culte, tout frappait mon imagination et mes sens; un nouveau jour semblait poindre pour moi; je commençais à entrevoir le ridicule de mon ancien culte, et j'avais comme un pressentiment que, dans cette ville, je trouverais enfin la vérité, que je cherchais depuis longtemps.

— O mon père! s'écria Plectrude, quelle espérance!...

— D'abord, reprit le vieillard, je compris tout ce que la religion des Scandinaves renfermait de superstitions absurdes et cruelles; je comparais ce culte grossier, sanglant et peu digne de Dieu, avec le culte simple et pur, mais noble et saint, que les disciples du Christ lui rendent. Je ne pouvais entrer dans les riches et somptueuses basi-

liques dont Rome est couverte, sans ressentir la
plus forte émotion. Dès que je mettais le pied
dans l'église de Saint-Pierre, j'éprouvais un saisissement aussi doux que vif; mon esprit s'é-
tonnait, une secrète horreur faisait frissonner
tous mes membres; je sentais, pour ainsi dire,
la présence de Dieu, et plus d'une fois mon cœur
sembla défaillir en moi-même. Oh! ma fille, ces
impressions, vagues sans doute, mais bien profondes, étaient pour ton père le premier coup de
la grâce.

« Enfin, je voulus m'instruire à fond de cette
religion, que je ne connaissais que par des pré-
ventions aveugles. Un charitable religieux, un
saint prêtre me donnèrent à l'envi tous leurs soins.
Bientôt je connus cette morale si belle, si pure,
si divine, cette morale de l'Évangile, qui condamne
tous les crimes, qui flétrit tous les vices, qui
combat toutes les passions, qui inspire toutes les
vertus, qui encourage toutes les bonnes œuvres,
qui élève l'homme au-dessus du monde, des sens
et de lui-même, et qui a formé dans tous les sexes,
dans toutes les conditions et dans tous les âges,
tant de héros chrétiens. Cette morale me remplit
d'admiration; ma raison et mon cœur lui rendirent
bientôt hommage, et la vue de ces chrétiens qui

pratiquaient si généreusement ses règles, ses maximes et ses conseils, me fit comprendre qu'elle ne pouvait venir que d'une religion toute divine.

« Mais, pour un prêtre des Scandinaves, que d'obstacles il restait à vaincre ! Faut-il, ma chère Plectrude, te parler de mes derniers combats? Vos dogmes les plus saints, vos plus hauts, vos plus terribles mystères, ils révoltaient ma raison, ou plutôt mon orgueil; j'en demandais l'explication, je les voulais comprendre ; mais plus je m'efforçais d'y répandre quelque lumière, plus mes ténèbres devenaient épaisses. Ainsi, j'aimais cette religion que je ne croyais pas encore, et il me paraissait impossible de croire cette religion que j'aimais; j'étais en lutte avec moi-même; je priais, et tour à tour je résistais; l'attrait, la révolte, la crainte, l'espérance se débattaient dans mon cœur, et il me paraissait aussi impossible de rester dans les absurdes croyances des Scandinaves que d'embrasser une religion qui nous offre tant d'incompréhensibles mystères.

« Cependant, pour tâcher de me mettre en paix avec moi-même, je voulus sonder les bases du christianisme et étudier ses preuves. Je t'en fais ici l'aveu, ma fille, je craignais de trouver ces preuves peu solides. Mais quel fut mon étonnement, ou plutôt mon bonheur, quand la révélation, les saintes Écritures, les prophéties, les miracles, la vie de Jésus-Christ, la sainteté de ses disciples, le courage et le nombre de ses martyrs vinrent faire briller à mes yeux une lumière toute divine! Alors je reconnus sans peine, dans la religion que tu pratiques depuis si longtemps, l'œuvre de Dieu lui-même; je confessai que ses mystères ne peuvent être ni expliqués, ni compris; la vérité m'apparut dans tout son jour, et je ne demandai plus d'autre grâce que d'être initié bientôt à cette religion nouvelle.

« Mais, le croiras-tu, ma Plectrude? on me fit attendre quelque temps encore ce bonheur; les charitables chrétiens qui me donnaient leurs soins redoublèrent de zèle pour m'instruire; on éprouva ma résolution et ses motifs; enfin, on céda à mes instances; mon ancien nom fut remplacé par le nom de Pierre, et je fus admis à la grâce du baptême. O Plectrude! ô ma fille! combien de fois ton souvenir revint alors dans mon cœur, et ton nom sur mes lèvres! Que n'est-elle ici! m'écriais-je. Comme elle serait heureuse! Que ne puis-je l'embrasser, la bénir! Car, je n'en doute point, c'est à ses prières que je dois d'être aussi chrétien!

« Je quittai Rome et l'Italie, et gagnai la France, avec un vague espoir d'y trouver la couronne de mes vieux jours, en y rencontrant ma pauvre Roswitha. Aujourd'hui, mes vœux sont comblés, ma carrière est achevée ; je puis mourir tranquille, puisque je suis assuré que, dans l'autre vie, la vie des âmes, nous ne serons plus séparés. »

— Oui, mon père, s'écria Plectrude, votre Roswitha vous est rendue ; elle ne vous quittera plus ; nous achèverons de vivre et de mourir ensemble. »

Le vieillard, l'œil humide de joie, embrassait sa fille et la comblait de caresses, que lui rendait Plectrude. Tous deux offraient une scène de reconnaissance bien touchante pour ceux qui en étaient témoins.

Théodoric, pour la plus grande commodité d'Oldric et de Plectrude, leur assigna pour domicile une petite maison qui lui appartenait, et qui était située aux portes de Paris. Oldric n'eut pas longtemps à jouir de cet asile. Il s'éteignit dans les bras de sa fille, et mourut en excellent chrétien. Il avait plus de cent ans.

—

CHAPITRE QUINZIÈME ET DERNIER.

—

**FIN DES ENTREPRISES DES NORMANDS SUR PARIS.
— CONCLUSION GÉNÉRALE.**

Conversion de Rollon , chef des Normands. — Dernier service de Théodoric
à la monarchie. — Berthe meurt religieuse à l'abbaye de Chelles. —
Mort de son frère Théodoric. — De nouvelles destinées commencent
pour les Normands devenus chrétiens.

—

VINGT-CINQ ans s'étaient écoulés depuis les
événements qui viennent d'être racontés. Le
trône de France était enfin occupé par Charles
le Simple. Ce fils de Charlemagne avait été ré-
tabli dans tous ses droits par Eudes , qui n'avait
toujours considéré le sceptre que comme un dé-
pôt. Un partage du royaume avait eu lieu entre ces

deux princes. Tout le pays compris entre la Seine et les Pyrénées était le lot du roi Eudes ; il semblait équitable que Paris, qu'il avait si vaillamment défendu, restât entre ses mains. Charles régnait depuis la Seine jusqu'à la Meuse, et sa domination, comprenant la Flandre, s'étendait jusqu'à la mer.

Mais Charles se trouva bientôt maître de tout le royaume par la mort du roi Eudes. Bien qu'il laissât un fils en bas âge, et un frère du nom de Robert, qui s'était distingué avec lui pendant le siége de Paris, il protesta qu'il n'avait eu d'autre dessein que de remettre l'état sous l'obéissance de Charles, aussitôt qu'il l'aurait entièrement pacifié et purgé de tous ses ennemis. Il n'avait que quarante ans lorsqu'il mourut à La Fère, en Picardie. C'était en l'an 898, le dixième de son règne.

Après sa mort, ses restes furent déposés dans la sépulture des rois à Saint-Denis, preuve manifeste que Charles, son successeur, ne l'avait jamais considéré comme un usurpateur.

Théodoric, qui avait ajouté à sa valeur militaire les trésors de l'expérience, accepta bien volontiers le roi que son cœur s'était depuis longtemps choisi par principe d'honneur. Il n'avait cessé de servir sous la bannière du roi Eudes ; il avait même servi

avec éclat. Ne s'agissait-il pas alors du salut de la
France? Il n'y avait donc pas à hésiter pour un
noble enfant de la France. Sa brillante valeur, non
moins que ses rares qualités, l'avaient rapidement
élevé aux premiers grades de l'armée. Il avait le
commandement de la cavalerie, qu'il exerçait avec
une supériorité généralement reconnue. Charles,
juste appréciateur du mérite, l'avait maintenu
dans tous ses honneurs et dignités. Il ne pouvait
faire mieux que de conserver un serviteur aussi
habile, dont toutes les actions avaient pour
mobile l'honneur.

Au reste, rien dans l'histoire ne peut servir de
fondement à ce surnom de *Simple* donné à Charles.
Rien en lui ne prouve la faiblesse. On lui trouve,
au contraire, une certaine fermeté à soutenir la
dignité de son trône. Il n'alla point, avec des armées, porter le trouble et le ravage dans les états
voisins de la France. Mais il revendique la Lor-
raine et les parties de l'Aquitaine distraites du
royaume; il se met à la tête des armées et combat de sa personne. On peut dire qu'il gouverna
avec prudence, puisque, dans des temps si orageux, on ne fait mention, dans les chroniques
contemporaines, ni de troubles, ni de factions. On
ne peut lui contester des vues d'une sage et saine

politique dans le traité qu'il conclut bientôt avec les Normands.

Ceux-ci, remontant la Seine, avec une armée nouvelle, étaient venus assiéger de nouveau Paris, sous la conduite du fameux Rollon, le plus hardi et le plus heureux des guerriers du Nord. Ce héros barbare entretenait sur les côtes une armée que les recrues perpétuelles venues du Nord, grossies encore par tous les vagabonds que le pillage attire, rendaient extrêmement formidable. Il avait fixé le siége de sa domination à Rouen. Sans se plonger dans la mollesse, c'est là qu'il accoutumait ses capitaines à goûter les douceurs d'une vie tranquille, et leur faisait perdre l'habitude de leurs mœurs féroces.

Charles conçut alors un projet qui rentrait bien dans la politique toute chrétienne du pieux évêque Gozlin. Persuadé qu'il tenterait vainement d'expulser de ses états un prince bien établi, qui policait ses peuples et fondait sa domination sur la justice, il aima mieux traiter avec lui que de tenter la terrible chance des batailles.

Mais il lui fallait un négociateur habile et convaincu de l'importance de sa mission. Où le prendrait-il? Dans sa cour? Elle était encore barbare et incapable de comprendre le rôle tel qu'il fallait le remplir. Il regarde à la tête de ses armées. Il voit le neveu de Gozlin, le noble Théodoric, cet illustre débris de la race carolingienne. C'est lui qu'il va choisir pour traiter avec le fier descendant des Scandinaves. Théodoric est l'honneur même ; c'est un homme plein d'une prudence consommée. Il ne fera rien dont la France ait à rougir.

Il mande donc à son palais le général de ses armées. Théodoric n'est plus, à l'heure qu'il est, ce jeune homme bouillant dont son oncle Gozlin avait si difficilement assoupli la nature rebelle. C'est un homme d'environ quarante-cinq ans. Son front, légèrement dépouillé de cheveux, est haut et grave ; il annonce l'exercice habituel de la méditation. Sa taille élevée a toute la majesté du commandement et semble révéler une origine royale, celle des anciens souverains de la France. Sa démarche presque altière et pleine de noblesse est digne d'un chef des armées et commande le respect partout où il se montre, en même temps que son affabilité lui gagne les cœurs.

Quand Théodoric parut en présence de son roi, il mit un genou en terre. Mais Charles s'empressa de le relever.

« C'est vous, Théodoric ? dit le roi avec une grande douceur ; je ne vous attendais pas si tôt.

— Prince, je me suis hâté de me rendre aux
ordres de mon roi. Le devoir est la première loi
d'un sujet fidèle, et quand l'affection et le dévoûment....

— Théodoric, je connais vos sentiments pour
ma personne, et je voudrais les récompenser.

— Prince, vous servir jusqu'à mon dernier
jour est la plus belle des récompenses, et la plus
digne de vous et de moi.

— Je veux, reprit Charles, vous demander un
conseil...

— Prince, c'est m'honorer au-delà de mes mé-
rites. Soldat, je suis peu familier avec les affaires
de cabinet.

— Par saint Germain ! repartit le roi avec
vivacité, vous n'en êtes que plus compétent pour
résoudre la question.

— Prince, de quoi s'agit-il ? dit Théodoric en
s'inclinant.

— Prenez d'abord un siége, et venez près de
moi.

— Prince, je vous rends grâces de tant de bonté ;
je vous écoute.

— Théodoric, dépouillez-vous pour un moment
de tous vos instincts militaires. Me conseilleriez-

vous de proposer un traité de paix à Rollon, ce chef des Normands établi à Rouen ?

— Prince, la question est très-délicate ; mais je la résoudrai dans toute la simplicité de ma conscience.

— Attendez, Théodoric ; vous le voyez, cet étranger est établi chez nous ; il commence à y jeter des racines, il police ses barbares, il fonde son empire sur l'amour de la justice. Il serait imprudent, téméraire même de chercher à l'expulser du territoire. Mais il me semble que nous devons songer à le tenir en bride, de telle sorte que l'espoir du butin ne l'attire plus sous les murs de Paris, et que ce que nous possédons ne soit plus un appât pour lui et ses aventuriers. Qu'en pensez-vous ?

— Prince, je crois que la raison, comme toujours, parle par votre bouche. Nous pourrions, il est vrai, opposer encore une opiniâtre résistance aux Normands, qui savent ce que nous valons ; mais ce serait aux dépens de la tranquillité des peuples, qui ont tant besoin de repos ; des peuples, de celui de Paris surtout, qui a acquis tant de gloire en repoussant ces barbares.

— C'est très-bien, dit le roi Charles en prenant

la barbe de son menton ; vous êtes tel que je dési-
rais vous trouver.... Je veux vous envoyer en qualité d'ambassadeur près de Rollon, et je vous
adjoindrai, pour la formule du traité, messire
Haganon, mon premier ministre, homme adroit
et qui a la triture des affaires.

— J'accepte avec reconnaissance cette nouvelle
marque de la confiance de mon roi ; mais quelle
sera ma mission ?

— C'est juste, reprit Charles ; il faut que vous
sachiez ce que vous devez faire...... Rollon est
païen ; eh bien ! s'il consent à embrasser la religion chrétienne, je lui accorde une de mes filles en
mariage. De plus, je lui donne en fief toutes les
terres depuis l'embouchure de l'Epte dans la
Seine jusqu'à la mer, pays qui formera son beau
domaine, avec lequel je lui accorderai un droit
d'hommage sur la Bretagne. Voilà les conditions
que l'honneur me permet de lui offrir ; mais dites-
lui bien que je tiens plus à la première qu'à toutes
les autres. Que Rollon embrasse la religion chrétienne, et le reste viendra tout seul.

— Oui, prince, s'écria Théodoric, et c'était
aussi la politique de mon oncle, le sage et courageux Gozlin. Cet héroïque évêque nous disait à son
lit de mort : *Convertissez les Normands, vous les*

aurez vaincus, et ces paroles sont restées gravées dans ma mémoire.

— Je suis ravi, dit Charles, que le pieux Gozlin ait eu la même pensée que moi. Sa longue expérience, sa sagesse, son courage et son intrépidité même me sont un garant que c'est là la bonne politique, et que nous ferons bien de la mettre en pratique.

— Prince, je le crois également. Si nous parvenons à les associer à notre communion, ils prendront insensiblement nos mœurs, nos habitudes, nos usages. C'est un point qui n'est pas douteux.

— Voyez donc, dit le roi, ce qu'on peut faire à cet égard, et si nos conditions pacifiques seront bien reçues.

— J'en ai l'espoir, dit Théodoric, et cet espoir est fondé sur ce que les Normands se plaisent dans notre pays et s'y établiraient volontiers, si on leur en laissait la liberté. Et puis d'ailleurs, on assure que les évêques de ce canton, leurs instructions, leurs exhortations, leurs efforts enfin tendent à la conversion de ces idolâtres. Il n'est pas présumable que le chef se montre plus indocile que son peuple aux enseignements de l'Evangile.

—Je crois, reprit le roi, que nous n'avons point à craindre cela de la part de Rollon. On fait le plus grand éloge de ce prince, et il me semble le mériter. On lui donne un amour extrême pour la justice et une inflexible fermeté pour faire exécuter les arrêts qu'elle rend. Autrefois ses soldats ne pouvaient réfréner leur avidité. Aujourd'hui des bracelets d'or, dit-on, restent plusieurs mois suspendus à un arbre, sans que personne ose y toucher. Aussi invoque-t-on son nom *Ah! Rol!* pour se procurer une protection assurée contre les vexations et les rapines *. Tel est le prince vers lequel je veux vous envoyer; je l'ai jugé digne de comprendre les avantageuses propositions que je viens de vous communiquer. Allez donc, Théodoric, et remplissez ce message si digne de votre noble cœur et de votre intelligence.

— Le roi sera content de moi; si je ne réussissais pas dans ma négociation, il faudrait l'attribuer à un mauvais sort, que le Ciel détournera, je l'espère, en faveur du neveu de Gozlin, du descendant

---

* Telle fut l'origine de la clameur de *haro*, mot corrompu, où l'on retrouve les restes d'une invocation à Rollon, et qui, dans les siècles derniers, était encore la sauvegarde des opprimés.

des Carolingiens,» répondit Théodoric, en relevant fièrement la tête et en prenant congé de Charles le Simple.

Forcé de quitter sa patrie avec les guerriers désignés par le sort pour fonder des colonies sur le sol conquis par la victoire, Rollon était descendu d'abord sur les côtes de l'Angleterre, où il avait pris à main armée des cités et des ports. Mais, sur les rives de la Tamise, il eut un songe qui, interprété par les vieillards, l'engagea à venir en France, où lui était promis un établissement glorieux. Sa flotte, poussée par la tempête sur les rives du Rhin, fut assaillie par les peuples du Hainaut et de la Frise; il les soumit, et, poursuivant son entreprise, il cingla vers l'embouchure de la Seine, et s'établit à Rouen.

Rollon, malgré sa bravoure, avait échoué, à trois reprises différentes, contre les remparts des Parisiens, qui ne démentirent, dans aucun des combats qu'ils eurent à soutenir, la célébrité qu'ils s'étaient si justement acquise.

C'est donc à Rouen que Théodoric va chercher ce héros scandinave. Suivi de Haganon et d'une escorte que le roi avait donnée lui-même, il arrive aux premières sentinelles du camp de Rollon, et se fait reconnaître comme ambassadeur extraordinaire du roi de France. On le conduit à Rollon, qui était dans sa tente.

« Que demande-t-on? dit-il d'une voix tonnante.

— C'est l'ambassadeur du roi de France, répond le soldat normand, qui demande à être introduit.

— Qu'on le fasse entrer, » dit le guerrier d'un ton d'autorité.

Rollon était un homme d'une haute stature; tous ses mouvements annonçaient la force du corps et l'énergie de l'âme. Il était bref dans ses discours, et s'appuyait habituellement sur la garde de sa large épée.

« Que me veut le roi de France? dit-il avec un accent de colère. M'interdire sans doute les excursions dans le pays compris entre la Seine et la Loire? S'il veut cela, qu'il vienne donc avec ses braves; je les attends!

— Je n'ai point, dit Théodoric d'un ton contenu; je n'ai point à répondre directement au défi qu'on me jette à la face.

— Que voulez-vous alors, seigneur ambassadeur? Expliquez-vous et vitement.

— Si vous aviez voulu m'entendre, reprit Théodoric, j'aurais déjà fini. Loin de venir vous intimer des ordres, je viens vous proposer les conditions d'une paix durable. Vous voilà maintenant établi sur les rives de la Seine ; eh bien ! mon roi désire que vous y restiez, et que vous n'en sortiez plus pour venir mettre le siége devant Paris. Voici les conditions qu'il m'a chargé de vous offrir : la première, c'est d'embrasser la religion chrétienne....

— Nous ferons, à cet égard, ce qu'il nous plaira ; nous n'avons pas besoin de ses avis, dit Rollon en agitant son glaive sur le sol.

— Ecoutez, seigneur, ce qui suit. A cette condition première, le roi, mon maître, vous concède en fief toutes les terres depuis l'embouchure de l'Epte dans la Seine jusqu'à la mer.

— Belle concession, par ma foi ! Ne s'agit-il pas du pays que nous occupons déjà par droit de conquête ?

— Oui, sans doute, reprit Théodoric ; mais il y ajoute la main de sa fille Gisèle, avec un droit d'hommage sur la province de la Bretagne. Il me semble que tout cela constitue un assez beau fief, et je crois....

— Vous croyez que mes capitaines et mes soldats donneront les mains à de pareils arrangements ? Vous vous trompez : ils ne voudront

jamais renoncer à la religion d'Odin. Retournez
auprès de votre maître, et dites-lui que sa propo-
sition est inacceptable.

— Mais il me semble que la tranquille possession d'un magnifique pays comme celui que vous
occupez vaut bien la peine d'y réfléchir un peu,
reprit l'ambassadeur; ces verdoyantes prairies, ces
plaines plantureuses n'ont-elles pas un certain
charme? Je ne vous parle pas des beautés de la
fille du roi de France; on la connaît dans toute la
contrée; on sait qu'elle est d'une beauté accom-
plie, et surtout ornée de qualités qui la rendent
plus belle encore et plus propre à faire le bonheur d'un époux. Quant à la religion chrétienne,
vous la connaissez peut-être; je n'ai donc pas besoin de vous en vanter les avantages. »

Rollon se mit à réfléchir quelques instants. Il
avait déjà entendu les saintes instructions de plusieurs prélats du voisinage, qui l'avaient touché
vivement et préparé à recevoir le baptême. Il répondit:

« La religion chrétienne, je l'embrasserai; la
princesse Gisèle, je l'épouserai; ce pays que j'occupe, je le garderai; mais j'entends qu'on y joigne
quelque autre pays, parce que mon état serait trop
petit.

— Je puis vous proposer encore la Flandre, dit Théodoric.

— La Flandre! je n'en veux pas, répliqua Rollon, c'est un pays boueux et plein de marécages.

— Très-fertile cependant, dit l'ambassadeur; mais enfin, je suis autorisé à vous offrir le fief de Bretagne.

— J'accepte la Bretagne, voilà qui est convenu, » dit Rollon, ne se doutant pas que la Bretagne était à conquérir, la suzeraineté des rois de France ne s'y étendant guère que sur le comté de Rennes.

Le ministre Haganon prit note des principaux articles de la convention, et toute l'ambassade revint à Paris pour annoncer au roi l'heureux résultat de la négociation.

« Prince, dit Théodoric, j'ai rempli mon rôle d'ambassadeur à la satisfaction de tout le monde. Le barbare consent à tout, la paix est assurée.

— Théodoric, répondit le roi, vous avez déjà rendu de grands services à l'état; mais celui-ci les passe tous.

— Rollon exige encore, dit Théodoric, le fief de la Bretagne; je le lui ai accordé...

— Vous avez bien fait, dit le roi; mais ma suzeraineté dans cette contrée ne s'étend guère au-delà du comté de Rennes ; je ne puis donc lui donner que ce qui m'appartient. Ceci est à examiner. »

La ratification du traité eut lieu à Saint-Clair-sur-Epte. Charles et Rollon vinrent planter leurs tentes sur les deux bords opposés de la rivière. Rollon, debout, plaça ses deux mains entre celles du roi assis, et prononça ces paroles :

« Dorénavant, je suis votre féal et votre homme, et jure de conserver fidèlement votre vie, vos membres et votre honneur royal. »

L'archevêque de Rouen se chargea de l'instruction de Rollon ; celui-ci reçut ses leçons avec une grande docilité, et fut en état, au bout de quelque temps, de recevoir le sacrement de baptême. Au sortir des fonts baptismaux, le néophyte s'enquit des noms des églises les plus célèbres et des saints les plus révérés dans son nouveau duché. L'archevêque lui nomma six églises et trois saints : la sainte Vierge, saint Michel et saint Pierre.

« Et dans le voisinage, lui dit le duc, quel est le plus puissant protecteur ?

— C'est saint Denis, répondit l'archevêque.

— Eh bien ! avant de partager ma terre entre mes compagnons, dit Rollon, j'en veux donner une part à Dieu, à sainte Marie et aux autres saints que vous venez de me nommer. »

18 K

En effet, durant les sept jours qu'il porta la robe blanche des nouveaux baptisés, chaque jour Rollon fit présent d'une terre à l'une des églises qu'on lui avait désignées.

Ainsi le traité de Saint-Clair-sur-Epte fut une sage précaution qui devait préserver Paris de nouvelles attaques de la part des Normands. C'était même un rempart pour les domaines des seigneurs français, rempart qui les protégeait contre les invasions des barbares. Mais les seigneurs ne voulurent pas en juger ainsi ; ils s'insurgèrent contre Charles dans l'assemblée du Champ-de-Mai qui eut lieu à Soissons. Là, ils éclatèrent en reproches contre lui, déclarant qu'ils ne voulaient plus de lui pour leur roi, brisant et jetant à terre des brins de paille qu'ils tenaient dans leurs mains, espèce de langage qui signifiait qu'ils rompaient avec lui et ne le reconnaissaient plus pour leur chef. La suite de ces débats, désastreux pour le pays, appartient à l'histoire ; nous n'avons point à nous en occuper. Il nous suffit d'avoir exposé les causes qui mirent fin aux incursions et aux pillages exercés en France par les Normands.

Mais nous ne pouvons omettre un trait de mœurs qui nous semble caractériser cette race de barbares implantée sur notre sol.

Après la cérémonie du baptême de Rollon, le
nouveau comte allait se retirer, lorsque les Français présents lui dirent :

« Seigneur comte, il est convenable que celui
qui reçoit un pareil don s'agenouille devant le
roi, et lui baise le pied.

— Jamais, jamais, répondit le Normand, je ne
plierai le genou devant aucun homme, ni ne bai-
serai le pied d'aucun homme. »

Les seigneurs insistant pour l'accomplissement
de cette formalité, dernier reste de l'étiquette
observée jadis à la cour des empereurs franks,
Rollon, avec une simplicité qui n'était pas sans
malice, fit signe à l'un de ses gens de s'approcher
et de baiser pour lui le pied du roi. Alors, le
soldat norwégien, se courbant sans plier le genou,
prit le pied du roi et le leva si haut pour le porter
à sa bouche, que le roi tomba à la renverse. Peu
habitués aux convenances du cérémonial, les
anciens pirates éclatèrent de rire à la vue de cet
incident, qui causa quelques instants de tumulte,
et qui laissa dans beaucoup d'esprits une fâcheuse
impression, comme de quelque mauvais présage,
par exemple, celui de la déposition du roi, qui
eut lieu peu après, comme nous venons de le
voir.

Quant à Théodoric, toujours inébranlable dans ses principes de fidélité, qu'il regardait comme le palladium des états, il ne fit point cause commune avec les seigneurs factieux qui avaient levé l'étendard de la révolte contre leur souverain légitime. Il rallia d'autres seigneurs restés neutres, et aida son prince à lever une armée pour combattre les rebelles, et partagea sa fortune aventureuse; car Charles était obligé de faire la guerre tout-à-fait au hasard : reçu dans un château, chassé d'un autre, aujourd'hui maître d'une place forte, demain dépossédé, s'aidant de toutes sortes de moyens et de toutes sortes de gens, des Normands même, ce qui le rendait odieux aux Français, qui se souvenaient toujours des ravages exercés par ces peuples.

Théodoric suivit son souverain partout, même dans les prisons où l'attira et le retint la félonie de Herbert, comte de Vermandois, qui menait ce prince sur la frontière, l'établissait arbitre entre lui et les autres seigneurs, et obtenait, par ce moyen, tout ce que désirait son ambitieuse cupidité.

Mais, à la mort de Charles le Simple, arrivée dans le château de Péronne, Théodoric, déjà vieux, se crut dégagé de ses serments, et se retira.

Il ne reparut à la cour et à la tête des troupes qu'à l'avénement de Louis d'Outremer, jeune fils de Charles le Simple. Théodoric était toujours considéré, vénéré de tous, comme un valeureux souvenir des anciens jours.

Il s'absentait quelquefois pour aller visiter sa chère sœur, Berthe, qui, depuis longtemps, retirée à l'abbaye de Chelles, dans l'Ile-de-France, y menait une vie sainte et pieuse, entièrement conforme à ses goûts.

Berthe avait mieux aimé prendre le voile que de suivre la vie du monde. Les brillantes alliances, non plus que l'attrait des plaisirs, ne l'avaient pas séduite. La vie contemplative du cloître lui plaisait par-dessus tout. Éloignée des bruits de la terre, elle ne s'occupait que des choses du ciel. Habitant une cellule qu'elle avait fait construire au fond du jardin, elle y passait de longues heures en méditation, et ne recevait avec plaisir que les visites de son cher Théodoric, son frère bien-aimé. Par esprit de pénitence, son lit n'était composé que de quelques planches. Bientôt, trouvant encore cette couche beaucoup trop douce, elle l'avait couverte de cailloux et de têts de pots cassés; et une grosse pierre était son unique chevet.

Pour se rappeler à chaque instant la passion du Sauveur et sa couronne d'épines, elle se couvrait la tête d'un cercle en fer, garni de clous; les pointes lui déchiraient la peau, et entraient dans la chair. Elle conserva pendant douze ans ce diadème douloureux, et mourut à Chelles, où elle fut inhumée dans la sépulture du monastère.

Le pieux Théodoric alla la rejoindre dans les saintes demeures, quelques années après, vers le temps de la captivité du roi Louis d'Outremer, fait prisonnier par Aigrold, chef danois, qui agissait de connivence avec Hugues le Grand.

Enfin, les Normands, ces valeureux ravageurs de l'Europe, d'où sortirent les Guillaume le Conquérant, les Robert, les Tancrède et les Guiscard, race de héros, tous conquérants et fondateurs de villes et de royaumes, que l'on voit, par la suite des événements de notre histoire, concourir puissamment à la gloire de notre patrie commune, et attacher plusieurs sceptres à leurs trophées, on les voit soumettre successivement la Pouille, la Calabre, la Sicile et l'Angleterre *.

---

* Voyez l'*Histoire de la Conquête de l'Angleterre par les Normands*, par M. A. Thierry.

Rollon, depuis son baptême, prit le nom de Robert, et fut, sous ce nom, le premier duc de Normandie, nom que les conquérants avaient aussi donné à l'antique Neustrie. Ce héros, qui, avant sa conversion, était peut-être le plus féroce des barbares qu'il commandait, devint, adouci par la religion, le modèle des bons princes et des sages législateurs, et n'eut jamais la moindre velléité de revenir mettre le siége sous les murs de Paris. Ses successeurs l'imitèrent, et Paris, avec les siècles, put acquérir ces développements immenses et ces beaux monuments qui feront toujours sa grandeur et sa gloire.

FIN.

NOTES.

—

Note **A** sur les Scaldes et sur leurs chants.

Les Scaldes étaient les poètes du Nord, ainsi que le signifie leur nom, qui dérive du vieux mot irlandais *skalld*, qu'on
ne peut traduire que par celui de poète. Les chants regar-
dés comme historiques étaient les *sagas*, qu'on chantait
du temps de Tacite en l'honneur d'Arminius.

Les Scaldes n'étaient pas seulement poètes, ils étaient
historiens. Ils avaient coutume de faire l'éloge de ceux devant qui ils parlaient ; mais ils n'osaient outrer la vérité ;
car, s'ils eussent admis des faits inexacts ou faux, c'eût été
plutôt une ironie qu'un éloge.

Les Scaldes suivaient, en qualité d'historiens, les rois
dans leurs expéditions guerrières. Les rois les récompen-
saient magnifiquement.

Les sagas, qui nous viennent surtout de l'Islande, sont
des récits historiques ou mythologiques des peuples du

Nord. Les plus vieilles chroniques sont unanimes à cet égard. Ce fut l'Islande qui fit entendre le plus longtemps ces chants poétiques, dont l'origine était attribuée à Odin et aux autres dieux de la Scandinavie; ils perdirent de leur simplicité quand les croyances payennes qui leur servaient de base eurent disparu.

Les sagas les plus anciennes avaient pour objet de célébrer les premières familles de l'île, et celles des chefs des états du Nord, surtout de la Norwège. Elles s'appuyaient sur le témoignage des Scaldes, et différaient tout-à-fait, par leur caractère, de celles qui vinrent plus tard et qui n'étaient que des œuvres d'imagination:

Le plus célèbre des écrivains de sagas est Snorro Sturleson, né en 1178; il était sénéchal d'Islande et jarl de Norwège, et florissait à l'époque des dernières luttes qui eurent lieu pour la liberté irlandaise; il y prit même part et en fut victime. On lui doit les *sagas des rois de Norwège*, compilation dans laquelle il enregistra les anciennes sagas des rois qui ont régné sur les pays du Nord, et puisa dans les chants des bardes, dans les généalogies des rois et dans les récits des hommes instruits. (Voir le *Glaive runique* ou lutte du paganisme scandinave contre le christianisme, 1846).

Note **B** sur sainte Geneviève, patronne de Paris.

Pour donner à nos jeunes lecteurs une plus ample idée du service rendu par cette sainte patronne à la ville de Paris, nous joindrons ici une notice détaillée sur sa vie :

Geneviève naquit en 422, à Nanterre, petit village situé dans les environs de Paris. C'est de là que lui est venu le surnom de Vierge de Nanterre. Son père se nommait Sévère et sa mère Géronce.

Elle avait sept ans lorsque saint Germain, évêque d'Auxerre, qui se rendait dans la Grande-Bretagne pour y combattre l'hérésie de Pélage, vint coucher à Nanterre, accompagné de saint Loup, évêque de Troyes, qui devait l'assister dans sa pieuse mission. A cette époque, les communications étaient moins faciles et moins sûres que de nos jours ; on cheminait sur des mules et à petites journées, et le voyageur s'arrêtait au gîte où le coucher du soleil venait à le surprendre.

A peine l'arrivée des deux évêques fut-elle connue dans le village, qu'un concours de la population vint avec empressement leur demander leur bénédiction. Geneviève se trouvait dans la foule ; mais saint Germain d'Auxerre la dis-

tingua tout-à-coup et comme par une inspiration d'en-haut.
Il la fit approcher avec ses parents, leur annonça la sainteté
future de leur fille, leur assura qu'elle effectuerait la résolution qu'elle avait déjà prise de se consacrer à Dieu, et
ajouta que son exemple contribuerait beaucoup à l'édification du prochain. La petite Geneviève, prenant alors la parole, manifesta l'intention de se consacrer à Dieu, et de
n'avoir jamais d'autre époux que Jésus-Christ. Aussitôt le
saint évêque lui donne sa bénédiction, et la conduit à l'é-
glise, escorté de tout le peuple assemblé autour de lui, et,
pendant le chant de vêpres et nones, il garda la main étendue sur la tête de l'enfant prédestinée. Ensuite, il la retint
auprès de lui pendant le repas du soir, et ne la laissa regagner son foyer qu'après avoir fait promettre au père qu'il la
lui ramènerait avant son départ.

Le lendemain, à l'heure indiquée, le saint évêque reçut
les parents et leur fille. Il demanda à Geneviève si elle se
souvenait des promesses de la veille.

« Oui, dit-elle, je m'en souviens, et j'espère y être fidèle avec le secours de la grâce. »

Charmé d'une réponse si précise dans un âge aussi tendre,
le serviteur de Dieu exhorta la jeune enfant à la persévé-
rance ; puis, il lui remit, pour la porter toujours sur elle,
une médaille de très-peu de valeur, mais sur laquelle était
gravée la puissante image de cette croix qui a régénéré le
monde. Dès ce moment, Geneviève se considéra comme

séquestrée du commerce des hommes, et n'eut plus d'ardeur que pour les exercices de la piété. Prier, surtout à l'église, était son plus grand bonheur, et Dieu lui montra combien ses prières lui étaient agréables.

Sa mère Géronce devint aveugle; mais quelques mois après elle recouvra la vue, en buvant de l'eau de puits sur laquelle Geneviève avait fait le signe de la croix. De là vint la dévotion, qui se maintint pendant des siècles, au puits de Nanterre, que l'on regardait comme ayant été bénit par la sainte.

Lorsqu'elle eut atteint l'âge de quinze ans, elle reçut, des mains de son évêque, le voile sacré de la religion. Depuis, ayant perdu son père et sa mère, elle se retira à Paris, chez sa marraine. Elle y apporta cet esprit d'humilité, de pénitence et de mortification qu'elle possédait à un si haut degré. Dans son innocence et dans sa candeur, Geneviève racontait naïvement aux Parisiens les grâces et faveurs signalées dont elle était l'objet. Elle croyait par là les ramener au bien en leur montrant jusqu'où peut aller la tendresse du Père céleste pour ses enfants de la terre.

Mais, loin d'atteindre ce but si désirable, elle n'en reçut que des injures : on l'appela hypocrite et visionnaire, puis on la chargea d'imputations odieuses et flétrissantes. Il fallut la pieuse autorité de saint Germain d'Auxerre pour confondre l'imposture. Il repassait à Paris pour aller une seconde fois dans la Grande-Bretagne. Usant de la haute influence que lui avaient acquise ses talents, ses vertus et son rang dans l'église, il fit bientôt reconnaître l'innocence de Geneviève, qui fut affligée pourtant de nouvelles traverses ; car, ainsi que le fait remarquer un éloquent biographe de la sainte, c'est au creuset de l'affliction que le cœur du juste achève de s'épurer.

En ce temps-là, le roi des Huns, le dévastateur de tant d'empires, celui qui se nommait lui-même le fléau de Dieu. et, pour tout dire en un mot, Attila venait de passer le Rhin et ravageait les Gaules à la tête de cinq cent mille barbares comme lui. Déjà les nouvelles les plus sinistres et les plus avérées circulaient dans Paris. Plusieurs villes importantes. Metz, Langres, Besançon, Cambrai, Reims et autres cités. avaient été saccagées et réduites en cendres. Des prêtres avaient été égorgés au pied même des autels. A ces nouvelles désastreuses, l'épouvante saisit les habitants de Paris; ils ne parlaient de rien moins que d'abandonner leur ville pour se retirer dans une place mieux fortifiée.

Geneviève seule ne perdit pas courage. La prière, les jeûnes et les veilles furent ses armes. Touchées par ses discours, trois cents femmes allèrent s'enfermer avec elle dans le baptistère public et joignirent leurs prières aux siennes. Mais les hommes, piqués de se voir surpassés en courage et en résignation par leurs mères, leurs femmes et leurs sœurs. tournèrent toute leur rage contre la sainte.

On délibérait déjà si on la jetterait dans la Seine, lorsqu'on vit l'archidiacre d'Auxerre apportant à Geneviève quelques objets bénits que saint Germain lui avait légués en mourant. Ces souvenirs d'un homme si vénéré et le témoignage de l'archidiacre sur la haute estime que le pieux évêque avait conservée pour la servante de Dieu, suffirent pour faire taire et calmer ces furieux.

Geneviève avait prédit que le roi des Huns n'entamerait point Paris. La prédiction de la sainte fut vérifiée. Attila, poussé par une force invisible, laissa là Paris, qui lui offrait une proie riche et facile, et, se détournant de sa route, alla mettre le siége devant Orléans. Alors un changement subit s'opéra en faveur de sainte Geneviève et elle devint l'objet de la vénération publique.

Dans la suite, cette vénération fut encore augmentée par les services que la sainte rendit à ses compatriotes. Lorsque Childéric, roi de France et frère de Clovis, assiégait Paris, et que déjà la famine s'y faisait sentir, Geneviève, intrépide de confiance en Dieu, ramena, sans coup férir, dans les murs de cette capitale, un convoi de vivres, en dépit des postes nombreux que les Francs entretenaient autour de la ville.

Après que Paris eut capitulé, Childéric et plus tard Clovis, quoique païens, rendirent hommage à sa vertu et lui accordèrent la liberté des prisonniers et d'autres actes de clémence, toutes les fois qu'elle les sollicita. Ce fut encore à sa demande que Clovis, devenu chrétien, commença la construction de l'église Saint-Pierre-et-Saint-Paul, ensuite achevée par la reine Clotilde. Toujours occupée de bonnes œuvres, elle fit bâtir une autre église en l'honneur de saint Denis, au lieu même où ce saint avait reçu la palme du martyre. Elle opéra, par la grâce de Dieu, de nombreux miracles. Sa sainte réputation s'étendait jusqu'aux extrémités du monde chrétien. Saint Siméon Stylite, l'une des gloires de la Thébaïde, demandait du haut de sa colonne des nouvelles de Geneviève aux marchands gaulois qui passaient à la portée de sa voix, et se faisait recommander aux prières de cette sainte.

Enfin, la sainte fille, devenue presque nonogénaire, mourut le 3 janvier de l'an 512. Elle fut inhumée à côté du grand Clovis, le premier roi chrétien de notre pays. Dès les premiers moments qui suivirent la mort de la sainte, Paris l'avait tout d'une voix proclamée sa patronne. Dieu montra bientôt par des prodiges qu'il ratifiait ce choix bien mérité. En 1129, le *mal des ardents*, choléra de cette époque, désolait la capitale; l'intercession de sainte Geneviève fit cesser ce fléau qu'on ne peut expliquer, dont la cause et le remède sont également inconnus, dont l'arrivée est un secret, dont le départ est un mystère, devant lesquels toute la science humaine s'avoue impuissante et vaincue.

Les hommes de la révolution chassèrent Geneviève du temple qui lui avait élevé la monarchie, et la remplacèrent par Danton et Marat, Voltaire et Rousseau !

Ce déplorable état de choses a duré jusqu'à nos jours ;
mais un des premiers actes du neveu de l'empereur, de
Louis-Napoléon, a été de rendre au culte, sous l'invocation
de sainte Geneviève, ce temple superbe profané si longtemps du nom de Panthéon. En faisant cela, il a fait acte
de piété et d'habile·politique ; car la sainte patronne de
Paris est toujours en possession de la vénération des
fidèles. — (Voyez l'ouvrage intitulé : *Essai sur une nouvelle
Vie des Saints*, Paris 1842. et la *France catholique.*)

Note C sur quelques saints Évêques de Paris.

Saint Denis, apôtre de la France et premier évêque de Paris, fut envoyé dans les Gaules vers l'an 245. Il y subit le martyre et eut la tête tranchée, ainsi que ses compagnons Rustique et Eleuthère, l'un prêtre et l'autre diacre. On l'a confondu très-mal-à-propos avec saint Denis l'Aréopagite.

On croit que ce fut à Montmartre qu'il reçut la palme du martyre, et que ce fut par suite de la triple décapitation qu'on vient de mentionner, que la colline de Montmartre reçut le nom de *Mons Martyrum*, d'où est venu celui qu'elle porte aujourd'hui.

Saint Marcel ou Marceau, né à Paris au quatrième siècle, succéda à Prudence ou Prudent, sur le siége épiscopal de Paris. Les suffrages s'étaient réunis sur lui, et ses vertus répondirent à l'attente de l'Église, qui l'avait élevé à la dignité suprême. Saint Marcel s'appliqua à faire le bonheur du troupeau confié à ses soins, et à lui faire aimer la religion chrétienne. Il mourut en 436, laissant une mémoire vénérée des peuples, et surtout de celui de Paris, dont un des faubourgs porte encore son nom.

Saint Germain, l'un des dignes prédécesseurs de Gozlin,

naquit vers 496, dans le territoire d'Autun, ville dans laquelle il devint abbé du monastère de Saint-Symphorien. Sur le bruit de sa réputation de sainteté, Childebert 1er le choisit pour son archi-chapelain, titre qui équivalait à la charge de grand-aumônier de France.

Ce fut vers l'an 555 que saint Germain fut appelé au siége vacant de Paris. Il était d'une inépuisable charité pour les indigents, et d'un zèle vraiment apostolique pour toutes les fonctions de son ministère. Son influence fut grande pour pacifier les troubles, réprimer les désordres des princes. Il ne craignit même pas, en présence des scandales de la cour, d'employer l'arme de l'excommunication. Il mourut le 28 mai de l'année 576, âgé de quatre-vingts ans et riche de bonnes œuvres.

« Ses obsèques, a dit un hagiographe, furent comme un triomphe pour les miracles qui s'y opérèrent. On lit qu'un paralytique, qui se tenait assis à la porte de l'église Saint-Vincent, recouvra la santé au moment où le cercueil y entrait ; que les prisonniers ayant invoqué saint Germain, lorsque le convoi passait devant la prison, aussitôt leurs chaînes furent brisées, les portes s'ouvrirent, et ils purent accompagner jusqu'au lieu de sa sépulture le corps de leur libérateur. »

De nouveaux prodiges eurent lieu à l'époque de la translation des reliques. En effet, le corps avait été déposé d'abord dans l'oratoire de Saint-Symphorien, attenant à l'église de Saint-Vincent. Par suite d'une révélation on décida, en 754, qu'il serait transféré dans l'église même. Le roi Pépin voulut avoir l'honneur de porter le cercueil avec les grands de sa cour. Le prince Charles, devenu si célèbre sous le nom de Charlemagne, et qui même a été mis au nombre des saints, assistait à la cérémonie; il se plut, pendant le cours de sa vie, à raconter les miracles dont il avait été témoin à cette occasion.

Par la suite, Dieu manifesta la sainteté de son serviteur par tant de merveilles opérées devant ses reliques, que l'église de Saint-Vincent fut nommée Saint-Germain-des-Prés, et que l'abbaye, ainsi que le quartier de Paris y attenant, reçurent aussi le nom de l'illustre saint. — (Voir aussi l'ouvrage intitulé : *Essai sur une nouvelle Vie des Saints,* Paris, 1842.)

Saint Landri, autre évêque de Paris pendant le septième siècle, signala sa charité pendant une grande famine qui désola cette ville en 651. On lui doit la fondation de l'hôpital qui dans la suite fut appelé *Hôtel-Dieu.*

Ce digne évêque fut inhumé dans l'église de Saint-Germain-l'Auxerrois, qui alors se nommait Saint-Vincent.

Les documents biographiques manquent sur saint Agilbert. On sait seulement qu'il succéda à Importun, et qu'il mourut en 680.

Saint Hugues ou Hugo, fils de Drogon, duc de Champagne, fils de Pépin d'Héristal, prit d'abord l'habit reli-

gieux dans l'abbaye de Jumiéges, d'où il sortit en 722,
pour occuper le siége archiépiscopal de Rouen.

Il administrait en même temps les diocèses de Paris et
de Bayeux. C'est pourquoi on le compte au nombre des
évêques de Paris.

Il figure dans la liste des évêques de Paris, après
Adulphe Bernichaire. C'était un prélat très-pieux et très-
charitable. Il mourut à l'abbaye de Jumiéges, le 9 avril 730.

Notes **D** sur les Bohémiens.

Suivant quelques auteurs, nous paraîtrons avoir fait un anachronisme, en plaçant dans le neuvième siècle quelques personnages de cette nation nomade, qui, si on les en croit, ne serait connue que depuis le quinzième siècle.

Nous avons lieu de penser que cette longue chaine de bohémiens qui se perpétuent en Europe, et y promènent leur charlatanisme nomade dans tous les lieux où le caprice du moment les conduit, date de plusieurs siècles au-delà.

César, Tite-Live, Tacite, Velleius-Paterculus, Trogue-Pompée et Justin, son abréviateur, sont tous d'accord pour dire que les premiers habitants de la Bohême furent des Gaulois de la tribu ou nation des Boïens, qui firent invasion dans les contrées de la Germanie, au moins six siècles avant Jésus-Christ, et qui, franchissant les monts Sudètes et la forêt d'Hercynie, pénétrèrent dans la contrée qu'environnent ces montagnes, contrée jusque-là vierge d'habitants, ou du moins à peine peuplée.

Nous n'avons donc pas cru manquer à la fidélité historique en jetant dans notre histoire quelques individus de cette race unique dans le monde, qui, comme les Arabes du désert, ne dort jamais le soir où le matin elle s'est réveillée ; race stupide, qui prophétise l'avenir et croit naïvement à ses propres oracles ; race sauvage, qui vit depuis fort longtemps en face de la civilisation, sans que la civilisation ait pu encore la compter au nombre de ses conquêtes ; race pillarde, imitant les sauterelles partout où elles s'abattent, et se tenant, par ses mœurs et ses habitudes, tout-à-fait en dehors du droit commun.

Il se trouve encore beaucoup de bohémiens dans nos provinces méridionales, et surtout en Espagne ; mais on en voit peu dans le Nord.

« L'ignorance profonde et les grossières superstitions qui règne encore dans le Midi, a dit M. Guy, d'Agde, attirent leur vagabond charlatanisme, qui trouve là une large curée, tandis que le Nord, plus éclairé, plus libre de préjugés stupides et de traditions ridicules, ne leur présente guère une mine exploitable. »

Ces bohémiens ne se contentent pas de lire dans l'avenir ; ils se vantent encore de guérir toutes sortes de maladies, et font concurrence à nos empiriques de toutes les classes.

FIN DES NOTES.

TABLE.

—

CHAPITRE QUINZIÈME ET DERNIER.

Fin des Entreprises des Normands sur Paris. — Conclusion générale.

NOTES HISTORIQUES.

FIN DE LA TABLE.

Rouen. Imp. MÉGARD et Cie, Grand'Rue, 136.

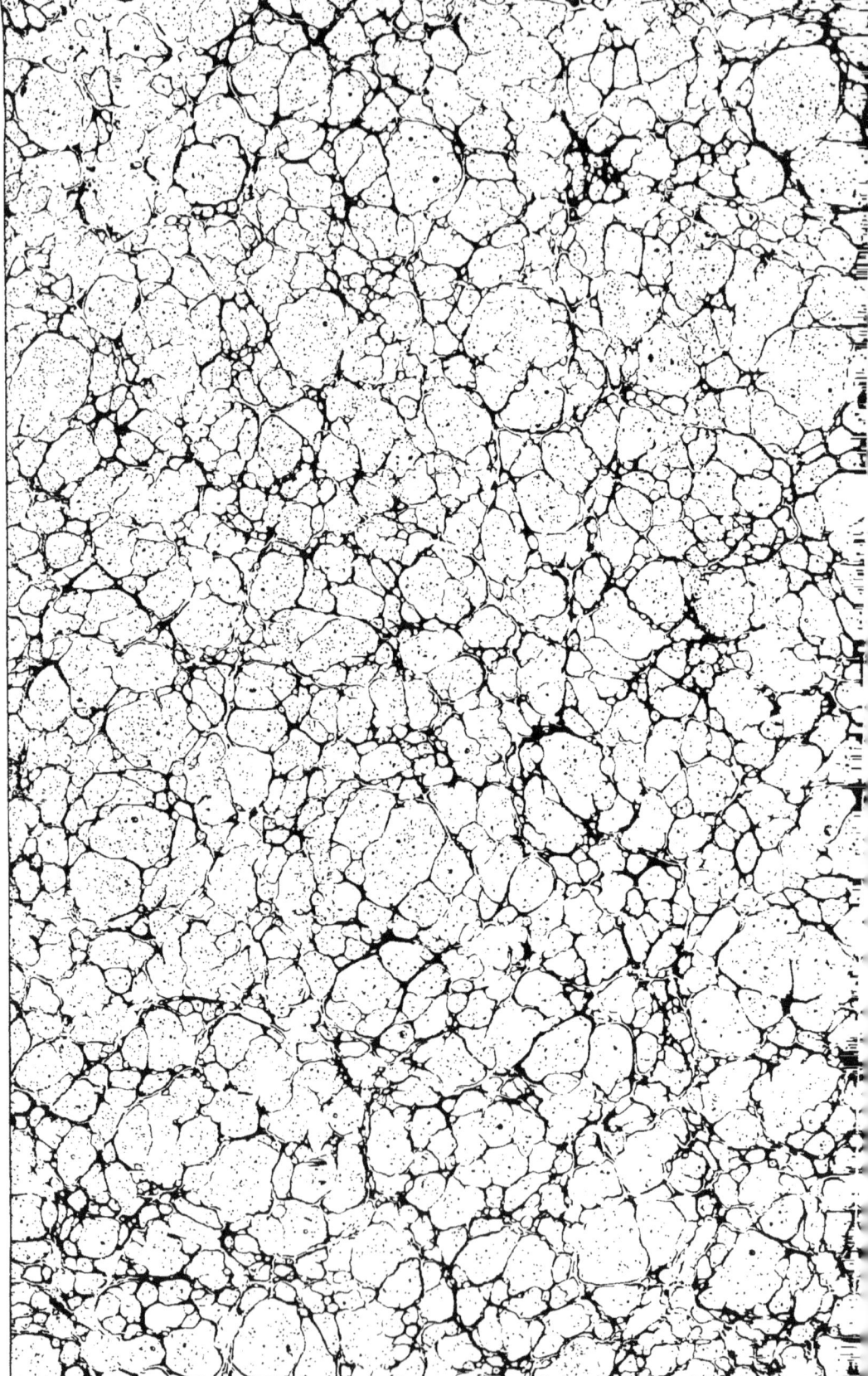

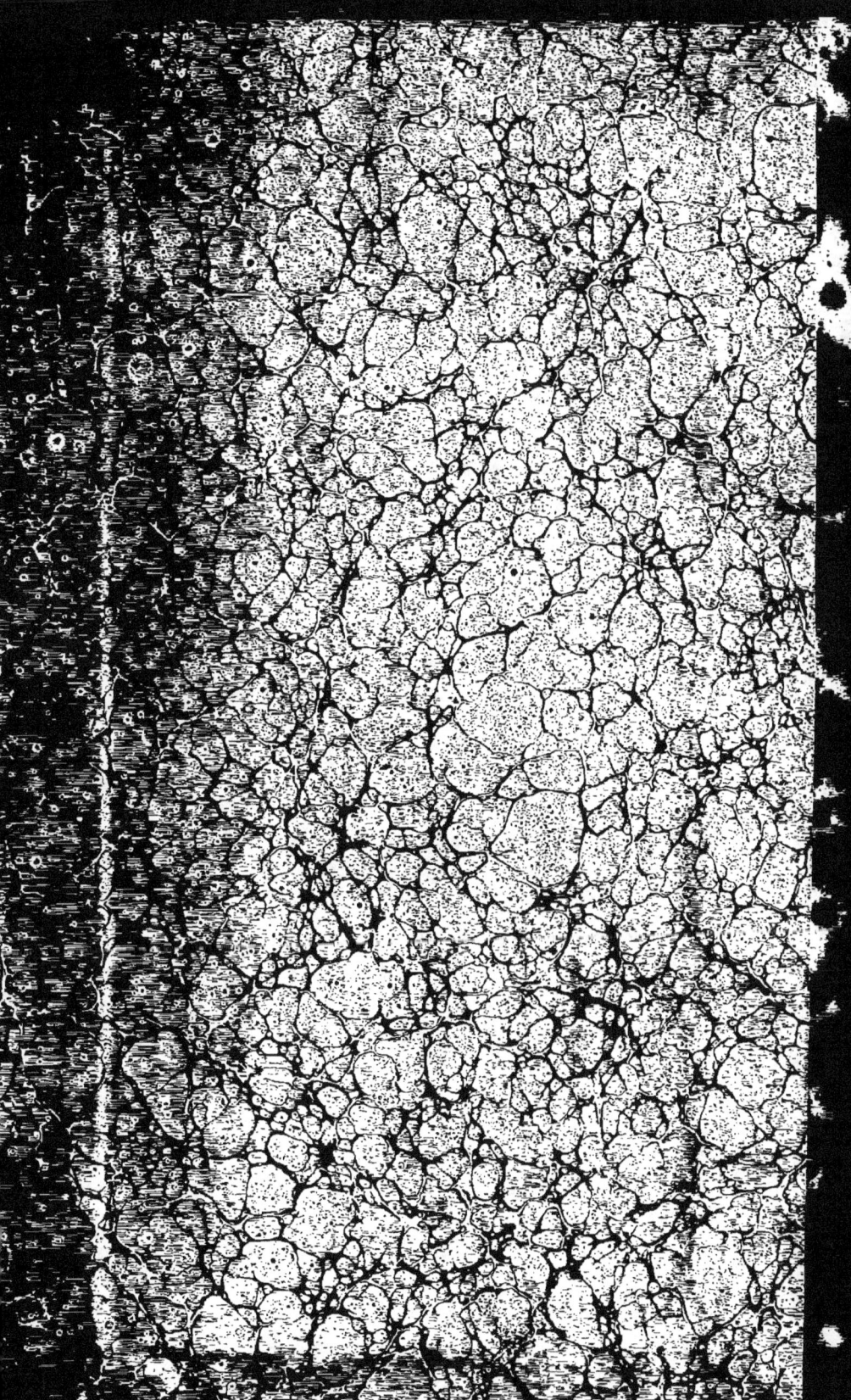